신조선전기 6권

초판1쇄 펴냄 | 2019년 01월 24일

지은이 | 다물
발행인 | 성열관

펴낸곳 | 어울림 출판사
출판등록 / 2009년 1월 23일 제313-2009-12호
주소 / 경기도 고양시 일산동구 장항동 731 동하넥서스빌딩 307호
TEL / 031-919-0122
FAX / 031-919-0127
E-mail / 5ullim@hanmail.net

Copyright ⓒ2019 다물
값 8,000원

ISBN 978-89-992-5183-2 (04810)
ISBN 978-89-992-4794-1 (SET)

OULIM FANTASY BOOK

6

다물 역사판타지 장편소설

신조선
新전기

어울림

신조선종계

목차

필독

본 소설은 허구입니다. 실제적 역사나 사실과 다를 수 있습니다.

신조선전기

화를 자초하다

　전쟁의 끝이 보였다. 결말이 보임에도 그것을 부정하고 싶은 자들이 있었다. 그들은 천황과 일본에 목숨을 건 자들이었다. 동경에 조선군이 상륙한다는 첩보로 인해서 본주 중부의 일본군이 동쪽으로 재배치됐다.

　그리고 그 빈틈을 조선군이 파고들었다.

　히로시마에 해병 1사단이 상륙했다. 이어 육군 1군단이 상륙하면서 일본군이 동서로 쪼개지게 됐다.

　그중 정예라 할 수 있는 본주 서쪽의 대군이 큰 위기에 빠졌고, 히로시마에 상륙한 조선군이 점령지를 늘리면서 도로와 철도를 장악하고 서쪽으로 향하는 일본군의 보급로를 차단했다. 일본군이 주둔한 곳으로 천군이 탄약과 군량을 쌓아놓은 보급창을 공격했다.

야밤에 유령처럼 은밀히 침투해 고성능 폭탄을 폭발시켰다. 그로부터 며칠이 지나자 본주 서부의 일본 대군이 군량부족으로 굶기 시작했다.

조선과의 전쟁이 일어나기 전에 본주 서부를 지키는 도독이 있었다. 그는 '쿠로키 타메모토'였다.

전시가 되면서 1군 사령관을 맡아 3군과 함께 구주에서 본주로 조선군이 도해하는 것을 막고 있었다.

3군 사령관은 11사단장이었다가 승진한 '노기 마레스케'였다. 50살이 넘어 머리가 하얘진 두 사람이 공동 사령부를 지키고 있었다. 전령이 계속해서 비보를 들고 사령부 지휘 막사로 왔다.

보고를 전할 때마다 막사 안의 장교들의 표정이 어두워질 수밖에 없었다. 그리고 한 전령의 보고에 깊은 수렁 속으로 떨어지게 됐다.

부대 별로 나뉘어 있던 얼마 안 되는 군량이 바닥났다.

"군량 때문에 아군 중대끼리 교전이 벌어졌습니다. 처음에는 난투극으로 시작했다가 한명이 소총을 쏘면서… 그것이 번져 중대끼리의 교전으로……."

"중대장들은 어찌 되었나?"

"장병들을 통제하지 못한 책임으로 할복했습니다. 그리고 처음 총성을 일으킨 10명의 장병이 본보기로 총살됐습

12

니다. 지금은 잠잠하지만 심지가 타들어가는 폭탄과 다를 바 없습니다. 아군이 굶고 있습니다, 대장님…….”

참모장의 보고를 듣고 노기의 하얀 수염이 움찔거렸다.

곁에 있던 쿠로키도 주먹 쥔 손을 떨면서 이기에 몰린 서부 일본군의 전황에 분통을 터트렸다.

전날에 반격에 나섰다가 여단 하나가 통째로 궤멸 당했다. 조심스러운 가운데 시간은 일본군의 편이 아니었다. 쿠로키가 노기에게 동쪽의 조선군에게 진격하자고 말했다.

“놈들의 기만전에 속아 동쪽으로 향한 중부군이 올 때까지 기다릴 수 없소. 지금 상황에서 하루하루가 위급하오. 내일 당장 기병대의 군마를 잡아먹어야 할 판이오. 그럴 바에 한번이라도 총공격을 가할 수 있는 탄약을 갖고 있으니 적을 공격하는 것이 어떻겠소?”

“…….”

“병력에서 우리가 앞서오.”

쿠로키의 제안에 노기가 눈을 감으며 고민했다.

그리고 쿠로키에게 물었다.

“15만 군사를 이동시키는 데에 며칠이 걸리오. 그 순간에도 군량을 소진해야 하는데 소진할 군량은 있소?”

“그것은…….”

“며칠이라도 버틸 수 있는 군량을 확보해야 하오.”

탄약창이 터졌지만 미리 장병들에게 분배되어 있던 총탄

과 화포탄이 있었다. 그러나 군량이 없으면 그 무기를 들고 행군할 수도, 방아쇠를 당길 수도 없었다.

물 없이 나흘 이상 버틸 수 없듯이 군량 없이는 열흘 이상을 버틸 수 없었다.

때문에 어떤 식으로든지 군량을 마련해야 했다.

부대 배급으로 장병들에게 나눠줄 수 있는 군량은 고작 몇 끼 정도로만 남아 있었다.

그 해결책을 쿠로키가 나라에서 찾았다.

"주민들로부터 얻는게 어떻겠소?"

"뭐요?"

"나는 1군 사령관이기도 하지만 서부 도독이오. 서부 군에 관한 모든 권한을 가지고 있고 필요에 따라서 징발령을 직접 내릴 수 있소. 신민들로부터 군량을 구하는 것이오."

그의 말을 듣고 노기가 언성을 높이면서 반대했다.

"아니 되오!"

"군량을 구해야 되오."

"그래도 아니 되오! 우리는 천황 폐하의 영예로운 황군이오! 그런데 어찌 신민의 것을 빼앗아서 전쟁을 치른단 말이오? 절대 해서는 안 될 행동이오!"

노기를 설득하기 위해 쿠로키가 다시 말했다.

"빼앗는 것이 아니라, 힘을 합치는 것이오. 황군만 나라를 지켜야 하오? 나라가 위급한데 엄연히 폐하를 위해서 싸워야 할 신민도 무언가 해야 하지 않겠소? 지금 노기 대

14

장과 내가 그저 군인이기에 조선 놈들을 상대로 싸우는 거요? 아니지 않소? 우리는 대일본제국 신민이기에 마땅히 천황 폐하와 나라를 위해서 싸우는 것이오. 총을 들지 않은 신민들도 마땅히 그래야 하오."

일본인이기에 당연히 나라를 지켜야 한다는 논리에 마음이 쏠렸다.

군이 신민을 지키는 것이 맞지만, 당장 나라를 지켜야 하는 상황에서는 함께 힘을 합치는 것이 옳았다.

그 말을 듣고 노기가 고개를 끄덕였다.

"그러면… 알겠소… 징발령을 내리시오."

직후 쿠로키가 주민들로부터 양식을 수거해 군량으로 삼으라는 지시를 내렸다.

밤에 허망하게 군량을 날렸던 보급대의 일본군이 자신들이 책임을 지겠다고 징발에 나섰다.

그들은 대대와 중대, 소대 단위로 흩어져서 작은 마을까지 들려서 주민들로부터 양식을 수거했다. 양민의 집에 들어간 병사가 곡식이 담긴 나무통을 들고 나왔다.

그 뒤를 따라 나온 여인이 울먹이면서 병사의 군복 자락을 붙잡았다.

"안돼요…! 그걸 가지고 가시면 집에서 먹을게 없어요…! 제발 제 아기에게 줄 수 있는 양식을 남겨 주세요! 제발…!"

막 젖을 뗀 아기를 키우는 여인이었다.

그녀의 남편은 군에 징집됐는지 보이지 않았다.

여인의 매달림에 곡식 통을 들고 나온 병사가 당황하며 어떻게 해야 할지 모르는 모습을 보였다.

그때 소대장이 여인에게 말했다.

"묻겠다. 너는 대일본제국의 신민인가, 아닌가?"

"네……?"

"대답하라. 너는 대일본제국의 신민인가 아닌가? 아니면 조선인인가?"

장교의 물음에 여인이 놀라면서 다급히 말했다.

"조… 조선인이라니요…? 저는 일본인입니다!"

"그러면 나라와 천황 폐하를 위한 충성심을 보여라!"

"네……?"

"지금은 전시다! 적을 이기기 위해서 모든 신민이 힘을 합쳐야 한다! 그렇지 않은 자는 적에게 동조하는 자다! 여적죄로 죽고 싶지 않으면 순순히 징발에 따라!"

"……?!"

소대장의 경고에 여인이 그 자리에서 주저앉았다.

곡식 통을 든 병사는 안타까운 시선으로 여인을 내려다봤다. 그는 가슴에 묵직함을 안으면서 손수레에 통을 싣고 다른 집에서 빼오는 통들을 병사들과 함께 실었다.

그 모습을 양식을 빼앗긴 주민들이 보고 있었다.

몇몇 주민들은 나라를 위해서 어쩔 수 없다는 입장이었지만 대다수 주민들은 아니었다.

그들은 이미 일본의 패배를 예상하고 있었다.

"망할 놈들!"

"저걸 가지고 가서 이기면 또 몰라."

"지금 상황에서 우리 걸 가져가면 전황이 좋지 않다는 뜻이야… 질 거면 그냥 항복이나 하지…….."

"쉿, 조용히 해요. 듣겠어요."

"……."

그들은 황군이라는 말하는 자들의 행태에 분통을 터트렸다.

양식을 구한 일본군이 그것으로 배를 불리기 시작했다.

구주 방면을 경계하다가 동쪽에서 서진해오는 조선군을 상대하려고 부대를 재배치했다. 어떤 연대는 바다에서 날아오는 함포탄을 감수하고 해안 도로로 이동했다.

어떤 부대는 깊숙한 내륙으로 들어가 산을 점령했다.

그리고 조선군이 있을 것으로 추정되는 동쪽을 향해 진군하려 했다.

공세를 벌이기 전에 마지막 식사를 했다.

"금일 먹는 식사가 우리에게 영예로운 만찬이 될 것이다! 전투도 배를 불리고 하는 것이니 마음껏 먹어라! 그리고 반드시 이겨라! 내일 만찬은 적지에서 적의 군량으로 치를 것이다! 대일본제국 만세!"

"대일본제국! 만세!"

"와아아아~!"

배식 받는 장병들이 함성을 질렀다. 그들이 먹는 밥은 주민들이 가을 때까지 버틸 쌀이었다.

또한 그들이 먹는 고기는 다음 해에 주민들이 농사를 짓기 위해 힘을 빌릴 소였다. 그렇게 국력을 총동원해서 본주에 상륙한 조선군을 밀어내고자 했다.

식사를 마치고 몸을 일으킨 장병들이 사기충천했다.

"진군한다! 앞으로!"

군홧발 소리가 울려 퍼졌다.

노을을 뒤로하고 행군하면서 찬란한 태양이 앞에서 떠오르기를 원했다. 죽기를 각오한 진격이 이뤄지고 있었다.

* * *

"여길 잘 파야 돼. 이렇게. 너는 거기 파고, 나는 여길 팔게. 그리고 양쪽을 파서 이어. 그러면 교통호가 되는 거야. 방어전을 치를 때 요긴하게 쓸 수 있어."

"예. 김춘삼 병장님."

"깊게 파."

"알겠습니다."

'김춘삼'이라는 이름을 지닌 병사가 후임과 함께 산에서 참호를 파고 있었다.

온 몸에서 땀이 비 오듯 흘러내렸다.

그는 잠시 휴식 취하며 산에서 부는 바람을 느끼면서 가

죽 수통에 담긴 물로 목을 축였다.

그리고 다시 참호를 파려 했다.

멀리서 발소리가 들렸다.

춘삼이 급히 소총을 들고 소리 나는 곳을 향해서 조준했
다. 그곳에 그의 상관이 있었다.

"중대장님."

"참호는 다 팠는가?"

"조금 남았습니다."

"특이사항은?"

"없습니다. 짐승 한마리 없습니다. 모든 것이 조용합니
다."

이척이 전령 두명과 함께 춘삼이 있는 곳으로 왔다.

그리고 고지에 올라서서 주위를 돌아봤다.

"여기에 있어야겠군."

높은 자리에 사방이 트여 있어서 전장을 살피기에 좋은
자리였다. 즉시 등에 메고 있던 배낭에서 삽을 꺼내 춘삼
과 그의 후임이 쓰는 참호 옆에서 땅을 파기 시작했다. 전
령과 함께 참호를 파는 이척을 보면서 춘삼이 말했다.

"제가 파겠습니다. 중대장님."

그 말에 이척이 고개를 가로저었다.

"자네는 자네 참호를 마저 파게. 나는 내가 쓸 참호를 파
겠네."

"중대장님."

"자네 참호를 다 파고 나면 교통호까지만 파주면 고맙겠군. 그렇게 해주게."

"예."

이척이 세자라는 것을 알고 있었다.

왕족의 손에 흙이 묻게 해서는 안 된다고 생각했다.

그런 춘삼의 선의를 이척이 거부했다.

대신 가급적 빨리 해야 되는 일을 춘삼에게 맡겼다.

이척이 전령들과 함께 참호를 파는 동안 춘삼은 자신의 후임과 함께 마저 참호를 파고 교통호를 파기 시작했다. 그리고 저녁이 되어서야 땅 파기가 끝났다.

전방에 철조망을 설치하고 클레이모어를 설치했다.

그리고 새로 보급 받은 보조무기를 손에 들었다.

그것은 조선을 지원하는 미국의 한 회사에서 만든 것이다.

"이게 무엇입니까?"

"조명탄. 여기의 고리를 뽑고 손잡이 날리면 5초 후에 불빛이 크게 일어나. 구주에서 시험으로 본 적이 있는데 낮에 봐도 밝으니까 밤이면 더 밝게 보일 거야. 이걸 철조망 주변에 설치해서 사람이 지나가면 터지게 만들어야 해. 저기 앞쪽에 함정처럼 설치해. 줄을 건드리면 손잡이가 풀리도록 말이야. 그러면 야간에도 조준 사격을 벌일 수 있어."

"알겠습니다."

"설치하고 저녁 식사나 하자고."

"예. 중대장님."

병사와 격의 없이 지냈다.

춘삼의 후임에게 참호를 지키라 지시하고 이척과 전방으로 나가 함께 조명탄을 설치했다. 그리고 참호로 돌아와서 감자와 육포를 먹었다. 끼니를 해결하고 앞을 보면서 지루한 시간을 보내야 했다.

완전한 밤이었다면 모르겠지만 아직 산에 해가 걸쳐 있어서 이야기 정도는 나눌 수 있었다.

이척이 춘삼의 호로 들어왔다.

"담배 있나?"

"예. 잎은 있습니다."

"빌려주게."

"그냥 드리겠습니다."

"고맙네."

보급으로 받은 담뱃잎이 있었다.

이척이 춘삼의 곁에 앉았다.

춘삼은 호 안에 둔 배낭 안에서 주머니에 싸여진 담뱃잎을 꺼내 이척에게 넘겨줬다.

이척이 곰방대를 꺼내서 담뱃잎을 채우자 춘삼이 보급 받은 성냥으로 그의 곰방대에 불을 붙였다.

그리고 자신의 곰방대에도 불을 붙여서 함께 담배를 피기 시작했다. 춘삼의 후임은 담배를 필 줄 몰라 그저 앉아서 앞을 경계했다.

담배를 피다가 춘삼이 피식하면서 웃었다.

"후후……."

"어째서 웃는가?"

"너무 영광이어서 그렇습니다."

"내가 세자라서?"

"예… 중대장님께서 그렇게 생각하지 말라고 말씀하셔
도 은연중에 그런 것이 생각납니다. 만약 전쟁이 없었다면
저하와 이렇게 같은 호를 쓰면서 같이 담배를 피울 일도
없었을 겁니다. 평화가 좋지만 저에게는 이 시간이 최고로
영예로운 시간입니다. 저하를 보필할 수 있어서 영광입니
다."

춘삼의 이야기를 듣고 이척이 입 꼬리를 올렸다.

"나 또한 자네들과 함께여서 영광일세."

서로에게 감사를 나타내고 전우애를 다지면서 담배를 마
저 피웠다.

하늘이 붉은색에서 보랏빛으로 바뀌었다.

"오늘 밤에 오겠습니까?"

"그거야 모르지. 하지만 고립된 상태에서 놈들의 보급창
이 날아갔다고 하니까. 어떻게든지 오긴 올 거야. 오늘 밤
이 될 수도, 내일이 될 수도 있어. 그저 경계를 철저히 서
는 수밖에 없어."

일본군이 고립되고 그들이 보급 난에 처한 사실이 조선

군 장병들에게 알려져 있었다. 때문에 어떻게든 봉쇄망을 풀려고 안간힘을 쓸 것이라 예상했다.

방어진지를 구축한 상태에서 적이 오기만을 기다렸다.

그리고 고요한 밤을 맞이했다.

밤에는 낮에 듣지 못한 소리를 들을 수 있었다.

미세하게 흘러 지나가는 바람소리와 바닥에서 움직이는 나뭇잎 소리를 들을 수 있었다.

침묵하며 긴장이 새겨진 시선으로 서쪽을 바라봤다.

하지만 자정이 지나자 눈동자 안에서 긴장이 조금씩 옅어지기 시작했다.

춘삼이 눈을 감았다가 뜨면서 고개를 흔들었다.

"눈 좀 붙이게."

"아닙니다."

"한 시진 정도 내가 보고 있을 테니 잠을 자 둬. 그리고 그때 깨어나면 자네가 경계를 서게."

"알겠습니다."

이척이 목소리를 낮춰 춘삼에게 지시를 내렸다.

춘삼은 주저하다가 참호 벽에 몸을 기댔다.

그리고 금세 단잠에 빠져들었다.

코를 골지 않으려고 고개를 돌렸고 그의 후임도 이척의 허락을 받아 한쪽에 몸을 기대고 잠을 잤다.

이척이 백성들을 지키며 적을 향한 시선에 불을 켰다.

그리고 한 시진이 지났다. 두시간이 지나 더 깊은 밤에 이르자 이척의 눈동자가 조금씩 무거워졌다.

잠자던 춘삼이 알아서 일어나 이척의 등을 손으로 건드렸다.

"제가 경계하겠습니다."

"부탁함세……."

춘삼에게 생명줄을 맡기고 이척이 뒤로 몸을 기대면서 취침했다. 춘삼의 후임도 일어나서 함께 경계하기 시작했다. 모든 것이 고요한 가운데 작은 바람 소리만 큰 소음처럼 들리고 있었다. 그렇게 잠에서 깨어나 참호를 지키기 시작한지 약 한 시간이었다. 서로를 건드리면서 잠을 깨우며 칠흑 같은 새벽을 견딜 때였다.

어둠 속에서 물결이 일어났다.

"……?!"

춘삼이 인상을 쓰며 고개를 내밀었다.

곁에 있던 후임이 선임의 행동에 크게 긴장했다.

그리고 달빛 아래에서 입모양을 보이면서 물었다.

'뭔가 있습니까……?'

전방에 시선을 고정하고 춘삼이 수신호를 보였다.

'이상 징후. 적일 지도 몰라. 중대장님을 깨워 드려.'

'예.'

잠을 자고 있던 이척이 놀라지 않도록 후임이 조심스럽게 몸을 건드렸다.

천천히 이척이 눈을 뜨면서 잠에서 깨어났다.

"음……?"

'중대장님. 적입니다.'

적이 오고 있다는 수신호를 잠결에 알아보고 몸을 일으켰다. 그리고 잠에서 깨기 위해서 몇 번 눈을 감았다가 떴다. 곧 전방을 바라보는 춘삼에게 손짓으로 물었다.

'적인가?'

춘삼이 대답했다.

'모릅니다. 하지만 가능성이 높습니다. 저기 숲속에서 그림자가 꿈틀거리는 것을 봤습니다. 산짐승일 수도 있습니다.'

'일단 뭔지 모르니 경계해야겠군. 소총을 조준하되 절대 방아쇠에 검지를 걸지 말게.'

'예.'

적인지 아닌지 아직 모르는 상태였다.

이상 징후는 있었고 산짐승이 숲속을 돌아다닐 수도 있었다.

그때 나뭇가지가 부러지는 소리가 들렸다.

춘삼과 이척이 움찔했고 주위 참호에 있던 나머지 대원들도 잠에서 깨어났다.

모두가 훈련받은 대로, 실전을 치르면서 배웠던 경험대로 싸우려 했다.

먼저 사격해서 위치를 노출시키는 실수를 범하지 않으려고 방아쇠에 검지를 떼고 있었다.

그 순간 전방에서 환한 빛이 일어났다.

펑!

"웃!"

"우왓!"

숲에서 사람 비명소리가 울려 퍼졌다.

그리고 터진 조명탄 주위에서 아우성치는 인영들을 발견하게 됐다. 그것을 본 이척이 크게 소리쳤다.

"적이다! 사격개시!"

탕!

타타탕! 타탕!

"계속 쏴!"

이척이 선 총격을 가하자 춘삼도 방아쇠를 당겼다.

이웃하고 있는 참호에서도 총성이 울려 퍼졌다.

산의 능선을 따라 해병 1사단 방어선이 펼쳐져 있었다.

그리고 해병대원들이 쏘는 총탄에 철조망을 넘고 몰래 침투해오던 자들이 쓰러지기 시작했다.

비명과 신음성을 터트리면서 죽어가고 있었다.

나무 뒤에 있다가 총탄을 피했던 일본군 지휘관이 크게 소리쳤다.

"응전해! 저놈들을 죽여야 우리가 산다!"

"발포하라!"

우왕좌왕하던 일본군이 명령 한마디로 총탄을 퍼붓던 조선군에게 응전하기 시작했다. 그들 또한 정예군이었다.

반드시 이겨야 산다는 생각으로 악에 받힌 채 방아쇠를 당겼다.

일본군의 응전을 보고 이척이 명령을 내렸다.

"기다려! 기다려! 기다려! 지금이다! 발파!"

콰쾅!

"크아악!"

클레이모어가 발파되면서 그 주위에 있던 일본군이 쓸려 나갔다.

무수한 구슬 탄에 넝마가 된 나무의 기둥이 부러졌다.

사지를 잃고 괴로워하던 일본군 병사가 덮침을 당해 끝내 전장에서 살아남지 못하고 죽음에 이르렀다.

무수한 일본군이 목숨을 잃어갔다.

조선군의 반격에도 일본군 지휘관은 아직 살아 있었다.

계속해서 응전 명령을 내렸다.

"계속 쏴라! 조만간 우리 포병 부대가 화력 지원을 해줄 것이다! 그때까지 견제해!"

"예! 연대장님!"

후방에서 방렬 중이던 포병부대가 있었다.

말과 수레를 통해 끌리던 31식 야포가 산과 산 사이에 초지를 드러낸 평지에서 다리를 내리고 방위를 맞추었다.

그리고 동쪽에서 밝아진 하늘을 향해 포구를 들어올렸다. 발포 준비를 거의 마친 가운데 포탄을 장전하고 방아끈을 당기기만 하면 되는 상태였다.

그때 일본군 포병대로 총알이 날아들었다.

퍽!

"어?!"

퍼퍼퍽! 퍽!

"컥……!"

"……?!"

총성이 들리지 않았다.

귀를 스치는 총알의 굉음과 강한 타격음만이 울려 퍼졌다. 한 병사가 쓰러지고 이어 미처 피하지 못한 장병들에게 총알이 날아들었다.

드드드득! 드드득!

"적 기습!"

"피해라!"

퍼퍽!

"크아악!"

포신에서 총알이 부딪히는 소리가 일어났다.

어디에서 총알이 날아오는지 몰라 일본군 장병들이 사방으로 흩어졌다.

그리고 아무 방향으로 몸을 숨기고 엄폐했다.

사방에서 총알이 날아오면서 동서남북 방향으로 각각 몸을 숨긴 병사들이 쓰러졌다. 그 모습을 본 포대 지휘관이 큰 목소리로 명령을 내렸다.

"쏴라!"

병사들에게 방아 끈을 잡고 당기라고 말했다.

그 순간 그의 머리가 터져 버렸다.

퍽!

"대대장님!"

푹!

"커헉……!"

방아 끈을 잡았던 병사의 가슴이 뚫렸다.

흉부를 뚫고 들어간 총알이 등에 큰 구멍을 내고 바위를 깨트렸다. 그 모습을 보고 다른 일본군 병사들이 크게 겁에 질렸다.

벌벌 떨면서 어둠 속을 헤집는 유령 같은 존재를 발견했다. 콩이 터지는 소리가 일어나면서 그 병사의 시선도 지워졌다.

흉탄을 맞고 끝내 생명의 끈을 놓아 버렸다.

일본군 포병대를 급습한 종현이 대원 세명과 함께 주위를 살피고 있었다.

"살아 있는 적은?"

—없습니다. 반응기에 탐색되지 않습니다.

"여긴 대충 정리했군. 부분대장조, 부분대장조."

종현이 탁현을 불렀다.

—부분대장입니다.

"그쪽도 정리했나?"

—예. 정리했습니다.

"그러면 불사르도록 하지."

—알겠습니다.

적의 중화기를 파괴하려 했다.

포탄이 쌓인 곳에 조선군에서 사용하는 수류탄과 폭약을 설치하고 앞에 클레이모어를 설치했다.

그리고 멀리 떨어져서 격발기로 격발하며 터트렸다.

폭음이 천지를 흔들다 못해 산 너머 해안까지 흔들어 놓았다.

조선군과 교전을 치르던 일본군 지휘관이 고개를 돌렸다. 서쪽 먼 곳에서 불길이 크게 치솟았다.

그것을 보고 한없는 불길함을 느끼게 됐다.

"서…설마……?"

슈우웅~ 슈웅~!

"이런! 엄폐! 조선군 포격이다! 엎드려라!"

콰콰쾅! 콰쾅!

"으아악!"

비명이 다시 크게 울려 퍼졌다.

서쪽 포병부대가 무력화 됐고 오히려 조선군 방어선을 공격하는 일본군에게 화포탄이 날아들었다.

천둥 일식이 일본군을 향해서 맹포격을 가했다.

나무가 깨지면서 주변으로 파편이 떨어졌다.

그리고 그 파편은 바닥에 엎드린 일본군 장병들에게 생채기를 냈다.

포탄에 직격 당한 장병은 산산이 찢어져서 사람이라 여기기 힘든 모습으로 변했다.

그 모습을 보고 일본군이 공포에 휩싸였다.

그들을 도울 수 있는 지원부대는 어디에도 없었다.

겁에 질린 하급 장교가 명령을 내렸다.

"후… 후퇴! 후퇴하라!"

"와아앗!"

한 소대가 뒤로 도망치자 다른 소대가 영향을 받았고 1개 중대가 한꺼번에 뒤로 달렸다.

그리고 대대와 연대가 뒤로 빠졌다.

그 모습을 보고 대대장이 전진하라면서 소리쳤지만 이미 통제 불가능한 상황이었다.

그리고 그의 머리 위로도 포탄이 낙하했다.

퇴각하는 적을 한명이라도 더 죽이기 위해 이척이 몸을 일으켰다.

"투항하지 않는 적은 결국 우릴 상대로 싸울 놈들이다! 놓치지 마라!"

"계속 쏴라!"

다른 호에서 소대장의 외침이 울려 퍼졌다.

그리고 참호에 잔뜩 몸을 낮추던 해병대 장병들이 일제히 일어나 총격을 가하기 시작했다.

소총 방아쇠를 당기고 기관총 방아쇠를 당겨서 도망치는 적의 등을 맞췄다.

조명탄이 화재를 일으켰고 일렁이는 불꽃이 적을 비추었다가 가렸다.

그때 일본군 병사 하나가 악에 받힌 모습으로 이를 물고 소총을 들었다.

소총의 총구는 그의 시선과 일직선이 되어 이척에게 향했다.

그리고 이척의 시선이 그 병사에게로 향했다.

탕!

"……?!"

"중대장님……!"

총성이 울리면서 이척이 쓰러졌다.

주위 장병들이 놀라서 총을 떨어트렸다.

쓰러진 이척이 신음하면서 눈을 떴다.

"으윽!"

"김춘삼 병장님!"

"……?"

함께 호를 쓰는 어린 병사가 소리쳤다.

이척이 몸이 무겁다는 것을 느꼈고 누군가 자신의 몸을 짓누르고 있다는 것을 알았다.

바로 김춘삼이었다.

괴로워하면서 이척 위에 엎드려져서 신음하고 있었다.

그러다가 한 움큼 피를 토해냈다.

"커헉!"

"이런! 의무병!"

이척이 다급하게 외쳤다.

그뿐 아니라 춘삼의 후임과 전령도 크게 외쳤다.

뒤쪽 참호에 대기하고 있던 의무병이 급히 달려왔다.

그리고 총상을 입은 춘삼을 살폈다.

"어떻게 된 것인가?!"

이척의 물음에 의무병이 대답했다.

"우측 흉부 위에 총상을 입었습니다! 뒤쪽에 관통된 흔적이 없어서 총탄이 안에 박혀 있는 것 같습니다!"

"살 수 있겠는가?!"

"모르겠습니다! 일단 의무대로 후송해봐야 알 것 같습니다! 마침 어의께서 의무대에 오셨습니다!"

김신이 전선 가까운 의무대에 와 있었다.

그 말을 듣고 이척과 장병들은 오직 김신만을 믿게 됐다.

이척이 당부의 말을 전해 달라고 말했다.

"어의에게 꼭 살려 달라고 전해주게! 날 살린 병사일세!"

"예! 중대장님!"

곧 부상당한 춘삼을 들것 위에 올렸다.

신음하며 춘삼이 눈을 떴다.

그리고 곁에서 걱정스러운 시선으로 지켜보는 이척을 봤다.

"무사하셔서 다행입니다.

자신을 걱정하는 춘삼에게 이척이 말했다.

"내 걱정 하지 말고 자네 걱정이나 하게! 이대로 자네가 큰일을 당한다면 절대 가만히 있지 않을 게야! 그러니 반드시 살게!"

"예… 으윽.

정신은 있는 듯했다.

그나마 불행 중 다행으로 여겨졌다.

춘삼이 후송되고 이척과 중대원들이 혼란을 수습하고 싸우려 했지만 이미 적은 퇴각한 상태였다.

더 이상 방아쇠를 당기면서 죽일 적은 없었다.

분노의 시선이 서쪽으로 향했다.

"감히… 우리 중대장님을……!"

이척이 죽을 뻔했다는 소식에 그의 중대원들이 주먹을 불끈 쥐면서 적에 대한 응징을 약속했다.

그리고 다른 부대에서도 적을 격퇴시키고 있다는 소식을 전파 받았다.

훨씬 더 깊숙한 내륙에 위치한 보병 사단과 해안에 좀 더 가까운 해병대 부대가 진격해온 적을 물리치고 있었다.

그리고 그 일은 곧 일본군 서부군을 이끄는 두 지휘관에게 보고됐다.

노기에게 참모장이 와서 급히 보고했다.

"적 방어선을 향해 공세를 펼치던 군이 후퇴하고 있습니다!"

"뭐라고?!"

"적의 반격이 너무 강합니다! 방어진지가 잘 구축되어 있고 적 포병 부대의 화력 지원도 만만치 않습니다! 그에 반해 우리 포병 부대는 초전에 무력화되었습니다!"

"……?!"

"적 유격 부대가 아군 후방을 괴롭히고 있습니다! 놈들이 아군 전투력을 저하시키고 있습니다!"

보고를 받은 노기가 눈동자를 떨었다.

구주에 대한 경계를 포기하고 쿠로키와 함께 15만 대군을 동진시켜 보급로와 퇴로를 차단한 조선군을 밀어내려 했다.

그러나 거의 실패로 끝이 나고 있었다.

이제 실패하게 되면 두번째는 없었다.

주민들의 양식을 다시 징발할 수도, 아무런 전략 변화 없이 조선군을 다시 공격할 수도 없었다.

절망의 그림자가 그와 서부 일본군 수뇌부를 덮으려고 했다.

그때 하늘을 휘어 감는 굉음이 울려 퍼졌다.

쾅! 하는 소리와 함께 3군 지휘부의 한 막사가 폭발했다.

놀란 노기와 3군 지휘부 장교들이 막사 밖으로 튀어나왔다.

"뭐야?! 이건?!"

"대체 무슨 일이……?!"

벌써 조선군이 군 지휘부까지 진격해 왔을 것이라고 생

각하지 않았다.

그러나 이미 그들을 관측하는 조선군이 있었다.

칠흑 같은 어둠이 끝나고 여명이 세상을 감싸고 있었다.

어둠 속에 자취를 감춘 무리들이 노기와 장교들을 지켜보고 있었다.

특임대 부분대장인 탁현이 무전기를 작동시켰다.

"착탄 확인. 동일 좌표로 함대 효력사 지원 바람."

─동일 좌표, 함대 효력사 수신.

이어폰 속에서 울려 퍼지는 목소리는 이태성이었다.

기동함대의 통신장인 이태성이 이원회에게 함대 효력사 요청이 들어온 사실을 전했다.

그리고 이원회가 포격 준비 명령을 내렸다.

적의 숨통을 끊는 결정타를 날리려고 했다.

그의 명을 따라서 전 함대 함포 장전이 이뤄졌다.

"적 지휘부를 궤멸시킨다! 전 함대, 발포 준비!"

"함대 발포 준비!"

천군의 장비에 대해 어떤 의심도 가지지 않았다.

그 기술이 신비로웠지만 조선을 위해서 쓰이고 있기에 파헤칠 이유가 전혀 없었다.

함교에 설치된 무전기에서 탁현의 목소리가 울려 퍼졌다.

─쏴!

"쏴!"

쿠쿠쿵! 쿠쿵!

"재장전!"

천둥소리와 함께 2개 전단의 함정들이 일제 사격을 가했다.

해안선에 거의 근접한 상태로 위험한 상태에서 포격하는 것이었지만, 조선군 함대를 위협할 일본군 포병 부대는 더 이상 없었다.

미리 종현과 특임대가 적 후방으로 침투하여 기동 함대가 제거할 수 있는 적 포병 부대의 위치를 알렸다.

그리고 사정거리가 닿는 위치에 방렬된 일본군 포병 부대를 이원회의 함대가 포격하고 무력화시켰다.

적 포병 부대가 제거되자 해안에 근접해서 내륙으로 포격을 가할 수 있었다.

조선군 기동함대에서 발포된 함포탄이 한꺼번에 노기가 있는 3군 지휘부로 떨어졌다.

곳곳에서 폭발과 함께 화염이 솟구쳤다.

엄폐물을 찾으려 해도 이미 소용이 없었다.

노기가 급히 부하들에게 명령을 내렸다.

"퇴각하라! 적의 포격에서 벗어나야 한다!"

우왕좌왕하는 일본군의 모습이 탁현과 특임대 대원들의 눈에 들어왔다.

그리고 큰 피해를 입고 퇴각하는 적 3군 지휘부의 모습을 지켜봤다.

남쪽에서 또 한번 포성이 울려 퍼졌다.

그리고 먼 산 너머에서 폭발음이 일어나는 것을 들었다.

이어폰에서 이태성이 아닌 종현의 목소리가 울려 퍼졌다.

—당소 분대장조. 부분대장조 응답 바람.

"당소 부분대장조."

—적 1군 지휘부 무력화시켰다. 3군 지휘부는 어떻게 되었나?

"무력화 통보."

—수신. 지금부터 공세에서 방어로 전환한다. 남아 있는 적 부대가 있다면 함포 사격을 요청하라.

"수신."

—수고 대기.

"대기."

적이 물러가는 상황에서 무리하게 적의 후방을 노리지 않았다.

적이 후퇴하면 후퇴할수록 적의 후방은 아군에서 멀어질 수밖에 없었다.

그저 조선군 방어선 근처에서 위협이 될 수 있는 적 부대를 제거코자 했다.

그리고 그런 부대는 존재하지 않았다.

수만명에 달하는 피해를 남기고 일본 서부군이 후퇴했다.

조선군은 적을 막아내고 승리감에 취했다.

총성이 멎자 한 병사가 손을 번쩍 올렸다.

"이겼다!"

"와아아아~!"

"대조선국 만세! 만세! 만세!"

압도적인 수를 자랑하던 적을 격퇴함에 큰 자신감을 얻었다.

"봤어?! 우리 앞으로 개미떼 같이 몰려오던 것을 말이야! 이제 쪽발이 놈들은 우리한테는 밥이야!"

"이렇게 손쉽게 놈들을 해치울 줄 몰랐어! 우리보다 몇 배에 이르는 적이 공격한다고 해서 솔직히 조금 쫄았는데 말이야! 우리가 동양에서 제일 강해!"

"아니지, 세상에서 제일 강하지! 어떤 나라든지 우리에게 덤벼보라 이거야!"

"조선을 넘보는 나라가 있다면 우리 손에 박살나게 될 거야!"

"그래!"

"크하하하!"

약주를 동이 째로 마신 것 같은 모습을 보였다.

그러나 그런 모습을 보이는 병사들을 장교들은 결코 제지하지 않았다.

그 순간만큼은 승리의 기쁨을 마음껏 누릴 때였다.

그리고 그것을 통해 얻은 기운으로 계속 전투를 치러 나가야 한다고 생각했다.

적지만 사상당한 장병들이 주는 슬픔에서 벗어나고자 했다.

그때 한가지 소식이 각 부대로 전해져서 승리감에 도취된 장병들의 마음을 통째로 뒤흔들어 놓았다.

발 없는 말이 금세 천리를 내달렸다.

곧 3연대장인 박승환이 1대대를 맡은 안중근을 불렀다.

그에게 상부에서 전한 소식을 알렸다.

"해병 1사단 1연대 1중대장이 죽을 뻔했다더군. 적에게 저격당할 뻔했는데 같은 호를 쓰던 병사가 몸을 날려서 중대장을 구했다네. 지금 그 병사는 총상을 입고 의무대에서 수술 중일세. 혹, 그 중대장이 누구인지 아는가?"

"다른 부대이기에 잘 모르겠습니다. 혹시 동기입니까?"

"자네가 잘 아는 동기지."

"해병 1사단에 있는 저의 동기라면……."

기억을 떠올리다가 한 사람의 얼굴이 머릿속에서 떠올랐다.

"설마……?"

박승환이 말했다.

"저하시네."

"……?!"

"저하께서 적을 상대로 앞장서서 싸우시다 큰일을 당하실 뻔했네. 이 일을 두고 우리는 새롭게 전의를 세워야 하

40

네. 저하께서 목숨 걸고 싸우시는데 그분을 우리가 지켜드려야지, 우리가 지킴을 받아서야 되겠는가? 마땅히 목숨을 바쳐서 싸워 왕실을 지켜야 하네."

"예! 연대장님!"

"이를 장병들에게 알리게!"

"예!"

이척이 죽을 뻔했던 사실을 알았다.

그 사실에 박승환과 안중근은 크게 분노하면서도 왕실에 대한 존경심을 함께 가졌다.

이척이 군주가 되면 그에게 충성을 바쳐야 했다.

마땅히 목숨을 바쳐서 그가 앞장서서 싸운 것에 대한 보은을 해야 된다고 생각했다.

그리고 그런 생각을 장병들과 함께 가지고자 했다.

이척에 대한 일을 전해 듣고 장병들이 분노하며 경의를 표했다.

"감히 우리 저하를 해하려 했다니!"

"보이기만 보여 봐, 죽여 버릴 테니까! 이제 총을 쥔 쪽발이 놈들은 죄다 죽는 거야!"

"우리가 저하 대신 앞장서서 싸워야 하네!"

"예! 소대장님!"

수만 명이 넘는 조선군 전군이 전의를 크게 일으켰다.

지난 승리의 도취에서 벗어나서 앞으로 있을 전투를 기다리며 칼날을 벼렸다.

그리고 이척을 지킨 한 병사가 무사하기를 간절히 소망했다. 수술대 아래로 핏물이 떨어지고 쟁반 위로 손톱 크기만 한 납덩어리가 떨어졌다.

찢어진 살이 수술 실로 봉합되고 그 위로 붕대가 감겨서 회복이 이뤄지기를 기다렸다.

마취되었던 춘삼이 깨어나 눈을 떴다.

약한 바람이 천막 안을 시원하게 만들었다.

정신을 차리고 몸을 일으키려고 할 때, 오른쪽 어깨에서 격한 통증이 일어났다.

"으윽!"

그의 신음을 듣고 하늘색 옷을 입은 간호사가 춘삼이 깨어난 사실을 알렸다.

"교수님!"

동현을 따라 일본으로 온 수민이 크게 외쳤다.

그리고 그녀의 목소리를 들은 김신과 이동현이 살피던 환자를 잠시 두고 마취에서 깨어난 춘삼에게 다가왔다.

살피던 환자는 그리 급한 환자가 아니었다.

춘삼에게 와서 그의 의식 상태를 확인했다.

"여기가 어딘지 아시겠습니까?"

"의… 의무대입니까……?"

"수술 받은 사실은 기억납니까?"

"받으려 했던 기억은… 있습니다… 저… 수술은 언제 시작합니까?"

"이미 끝났습니다."

"네?"

"어깨뼈에 박힌 총알을 적출했고 상한 폐 상부도 절제했습니다. 의식이 돌아온 것을 보니 큰 고비는 지난 것 같습니다. 최대한 안정을 취하면서 쉬시기 바랍니다."

회복되지 못할 부상이라면 마취에서 깨지 않고 의식 또한 차릴 수 없었다.

김신의 이야기에 춘삼이 어리둥절했다.

10초 정도 지나고 나서야 어깨의 통증을 느끼면서 수술이 이미 끝나 있다는 것을 알게 됐다.

김신이 춘삼에게 말했다.

"이제 회복하시기만 하면 됩니다. 그것이 전하에 대한 충성입니다. 그리고 부모님을 위한 효도입니다. 곧 조선으로 돌아가실 겁니다."

나라에서 군과 백성을 위해 죽음에 빠진 자도 건져 올릴 의사들을 내어줬다.

고향에서는 어머니가 기다리고 있었다.

전장에 전우들이 아직 남아 있었고 그의 후임은 아직도 총을 들고 싸우고 있었다.

돌아가서 싸워야 한다고 말했지만 온전히 회복하는 데에 최소 몇 개월 이상이 걸릴 것이라는 말을 들었다.

그 말을 듣고 나서야 전장으로 돌아가길 포기했다.

건강해져서 집으로 돌아가 어머니 앞에서 절하고 다시

효도하는 것을 꿈꿨다. 가족 중 어머니만이 유일했다.

'조금만 기다리십시오, 어머니. 소자, 온전히 나아서 뵙겠습니다… 그때까지 강건하소서.'

전우들에게 전장을 맡겼다.

그리고 미안한 마음과 함께 조선으로 돌아가기를 기다렸다. 며칠 후 수술한 부위가 봉합되었다. 비록 총탄이 박혔던 어깨뼈가 회복되지는 않았지만 조심히 몸을 일으켜서 걸을 수 있는 상태가 되었다. 그리고 다시 수 일이 지나서 광도에서 화물선을 타고 조선으로 돌아갔다.

전쟁이 이뤄지는 동안 무수한 부상자들이 생겨났다.

그런 부상자를 김신이 치유하고 있었고 살아남은 장병들은 고향으로 돌아가기를 손꼽아 기다렸다.

그 모든 일은 일본을 패배시킨 후에 일어날 일이었다.

머리를 숙이다

　나무 삽을 들고 땅을 팠다. 적이 오기 전에 미리 땅을 파
서 총알을 피할 자리를 만들어야 했다. 그렇지 않으면 기
세를 타고 있는 적에게 죽을 수 있었다.
　이번에는 일본군이었다.
　전투를 치르면서 조선군으로부터 배운 참호전을 자신의
것으로 삼아 버텨 보려고 했다.
　땅을 파다가 힘이 떨어지면서 한 병사가 쓰러졌다.
　"배… 배고파……."
　"……."
　곁에 있던 다른 병사는 쓰러진 병사를 돌보지 않았다.

그만큼 급박했고 그를 살필 여력이 전혀 없었다.

주민들로부터 징발한 식량이 모두 떨어졌다.

그리고 전선이 뒤로 물러나면서 모든 병사들의 얼굴에는 좌절과 절망만이 새겨져 있었다.

'이길 수 있을까'가 아닌 '버틸 수 있을까'라는 생각이 만연했다.

미처 참호를 모두 파기 전이었다.

하늘을 가로지르는 굉음이 울려 퍼졌다.

삽을 들고 있던 일본군 장병들이 헐레벌떡 움직였다.

"포격이다!"

"엎드려!"

파다 만 참호에 병사들이 뛰어들었다.

참호 속으로 뛰어들지 못한 장병들은 그저 바닥에 엎드려서 운 좋게라도 살아남기를 간절하게 바랐다.

머리 위에서 폭음이 터지고 나무가 산산조각 났다.

숲 사이에서 불빛이 번쩍였고 검은 연기가 솟구치기 시작했다. 적지를 포격하는 모습을 능선 아래 조선군이 지켜보고 있었다. 그리고 포격이 끝났다.

신음소리가 고지의 숲을 메우고 있었다.

조선군 부대를 이끄는 지휘관이 크게 외쳤다.

"대대, 돌격한다!"

"돌격하라!"

"와아아아아~!"

"대조선국 만세!"

안중근과 신태호가 크게 외치고 안창호와 양기탁을 비롯한 장병들이 함성을 지르며 달려갔다.

포격으로 인한 혼란이 수습되지 못한 상태에서 그대로 조선군의 공세가 파도처럼 밀려들었다.

소총의 총성이 크게 울려 퍼졌다.

돌격해오는 조선군에게 응전해보려고 고개를 들어 소총을 든 일본군 장교가 그대로 벌집이 되어 쓰러졌다.

그리고 고지에 태극기가 휘날렸다.

악에 받힌 조선군이 궁지에 몰린 일본군을 압도하고 있었다. 십수명의 포로가 안중근의 대대에 사로잡힌 가운데 그들을 후방으로 압송하고자 했다.

안중근의 지시를 받은 신태호가 소대장과 병사 몇 명을 불렀다.

소대장이 안창호에게 지시했다.

"나를 따라 포로들을 압송한다. 소총만 챙겨서 산을 내려간다."

"알겠습니다. 소대장님."

포로들을 줄 세우고 그들의 상태를 확인했다.

행여 숨겨놓은 무기라도 있는지 몸을 뒤지면서 확인했다.

안창호가 통제를 따르지 않는 일본 병사의 옆구리를 개머리판으로 쳤다.

"커흑!"

"팔 제대로 올려! 죽여 버리기 전에! 통제를 따르지 않으면 살아서 집에 돌아갈 일은 없을 거다!"

"……!"

위협을 가하면서 생포된 포로에게 경고했다.

그저 통제를 위한 경고가 아니었다.

잔뜩 감정이 실려 있었다.

이척이 죽을 뻔했다는 이야기를 들었고 그 또한 조선의 백성으로서 크게 분노했다.

당장 포로들을 죽이고 싶었다.

그러나 그것이 잘못된 행동이라는 것을 알고 있었다.

함부로 포로를 죽이며 쌓인 감정을 해소하지 않았다.

그저 상관의 명령을 따라 후방 부대로 온전히 포로들을 압송했다. 그리고 다른 부대의 승전 소식을 들었다.

연전연승을 거듭하며 고지를 점령하고 산기슭과 해안에 위치한 마을을 점령했다.

마을이라 부르기엔 상당히 큰 도시였다.

우베라 불리는 '우부'를 조선군이 점령하면서 도시 주민들이 걱정했다.

거리 중앙으로 조선군의 진주가 이뤄졌고 그들을 두려워하는 주민들은 집에 박혀 나오지 않았다.

하나같이 침략군으로 여기면서 자신들에게 해코지를 벌일 것이라고 생각했다. 그저 태풍이 휩쓸고 지나가는 것처

50

럼 우부에 진주한 조선군도 지나가기를 기다렸다.

하지만 귀를 의심하게 하는 외침을 들었다.

"양식을 나눠 줄 테니 나오시오! 양식을 배급하겠소!"

거리에서 울려 퍼진 일본어에 집에 숨어 있던 주민들이 하나둘씩 고개를 내밀었다.

그리고 거리 밖에서 일어나는 일을 보고 눈을 의심하게 됐다.

배급대가 준비되고 양식을 받는 주민들을 봤다.

그때부터 만 하루가 지났을 때였다.

배급대 앞으로 길게 줄이 늘어뜨려졌다.

주민들이 조선군에 대해 칭찬을 늘여놓았다.

"양식을 나눠주는데 침략이라니, 믿어지지가 않아."

"우리 양식을 빼앗아가는 군대가 침략군이야."

"이젠 더 이상 황군과 조선군 중 누가 나쁜지 모르겠어. 정말 조선군 말대로 우리가 먼저 폭탄 암살 시도를 벌이려 했던 게 아닐까? 나쁜 쪽이 황군과 대신들인 것 같아."

일부 주민들이 조선군에게 호감을 드러냈다.

그리고 그런 생각을 크게 경계하는 주민들도 있었다.

그들은 교사와 같은 지식인이었고 나름대로의 판단을 주민들에게 전하고 있었다.

"우리에게 양식을 준다고 해서 조선군의 말이 맞는 것은 아니오."

"예? 그러면요?"

"이렇게 양식을 주는 것은 그저 우리의 호감을 얻기 위한 것이오. 만약 이 모든게 놈들이 우리를 식민지배하기 위해서 벌이는 짓이라면 어찌 되겠소?"

"그… 그런……."

"놈들이 주장하는 우리의 잘못이 맞다면, 우린 이미 저들의 총탄 앞에서 학살됐을 거요. 그 일은 엄연히 조선왕도 해를 입을 수 있는 일이니 말이오. 때문에 양식을 받더라도 저들에게 호감을 갖거나 경계를 풀어선 아니 되오."

"아… 알겠소……."

한 주민이 다른 주민의 생각과 마음을 어지럽혔다.

그들은 자신들의 생각이 진리라고 판단했다.

그리고 그들의 입에서 나오는 말을 곁을 지나가던 조선군 병사가 엿들었다.

그는 통역병이었고 함께 있던 병사가 그로부터 무슨 말이 있었는지를 들었다.

주민들을 선동하던 자의 어깨를 손으로 잡고 돌려세웠다.

그의 얼굴에 주먹을 날리면서 분통을 터트렸다.

조선군 병사는 양기탁이었다.

"죽이고 싶어도 참고 살려줬더니, 뭐가 어쩌고 어째? 우리 전하를 해하려 했던 놈들과 네놈들을 분리해서 겨우 살려줬더니, 이런 식으로 나오면 곤란하지! 식민 지배를 위해서 네놈들의 민심을 얻겠다고 배급을 한다고?! 그딴 식으로 군량을 낭비할 것 같으면 네놈들을 모조리 죽이게 훨씬 더 낫지!"

"……?!"

"한번만 더 전하의 은혜를 능멸했다가는 내가 가만히 있지 않을 것이다!"

양기탁의 진노에 주민들이 바짝 얼어붙었다.

그리고 그가 한 말이 동기 전우인 통역병을 통해서 전해지자 주민들은 식민지배 운운했던 사람을 쳐다보면서 인상을 썼다.

'하필 왜 그런 말을 해서……!'

분란을 일으키는 말 때문에 조선군의 심기를 건드려 죽을 뻔했다는 생각을 했다. 그리고 그들의 이야기를 반드시 누군가가 듣고 있다는 생각을 했다.

양기탁이 씩씩 거리며 선동을 벌인 주민을 노려볼 때 그의 뒤에서 인기척이 일어났다.

사람들의 시선이 한번에 몰리게 됐다.

그는 일본에 진주한 조선 육군의 수장이었다.

참모와 지휘관들을 끌고 온 성혁이 양기탁에게 물었다.

"자네가 저 자를 폭행했나?"

"……?!"

"어서 대답하게."

성혁의 등장에 양기탁이 놀라서 움찔했다.

그의 물음에 바로 답하지 못하고 두번째 물음을 받았을

때 대답했다.

"예. 참모총장님."

"어째서?"

"전하를 능멸했기 때문입니다."

"……."

"저자가 감히 우리의 배급이 식민 지배를 위해 민심을 얻기 위한 속임수라고 말했습니다. 우리의 진심을 오도하고 우리의 명분을 어지럽혔으며, 총만 안 들었지 적에게 이로운 행동을 저의 눈앞에서 벌였습니다. 그 모든 것이 전하의 은혜에 정면으로 도전한 것인데, 어찌 화가 나지 않겠습니까? 마음 같아서는 총으로 저자를 쏘아 죽이고 싶습니다. 밟아 죽여도 시원찮을 자입니다."

성혁의 물음에 양기탁이 대답했다.

그리고 그 말을 들은 사람들은 누구도 양기탁의 잘못이라 말할 수 없었다. 그의 심정이 공감되었다.

경위를 듣고 성혁이 한동안 가만히 서서 생각하다가 조치를 내렸다.

"양기탁."

"예. 참모총장님."

"전하의 육군 지휘를 대신하는 육군참모총장으로서 너의 계급을 1계급 강등시킨다. 그리고 자숙하라. 다시 이와 같은 일이 벌어진다면 적지 주민들의 민심을 위해서 엄히 처벌할 것이다. 알겠나?"

"예……."

"하던 일을 하라."

"예. 참모총장님."

중대 탄약 현황을 대대 본부로 전하러 가던 길이었다.

1계급이 강등된 양기탁은 목소리가 작아졌지만 그것에 대해 억울해하지 않았다.

그가 떠나자 성혁이 통역 장교를 통해서 주민들에게 배급을 벌이는 이유를 알려줬다.

"일본의 정치인이 큰 잘못을 저질렀고 우리는 당연히 그 죄를 물을 수밖에 없소. 전하를 해하려 했던 무리들을 반드시 징벌할 것인 즉, 그들에게 협조하는 자들을 똑같이 죄인 취급할 것이오. 그러나 무기를 버리고 우리 통제를 따르는 일본군을 온전히 살리는 만큼, 마땅히 적대하지 않는 일본국민을 해하지 않을 것이며, 양식이 부족하다면 당연히 배급할 것이오. 그것이 점령군의 의무며 도의적으로 해야 할 마땅한 의무요. 이에 오해하지 말길 바라며, 특히 의도적으로 우리의 진심을 오도한다면, 적군으로 간주하겠소. 우리의 진의를 시험하지 마시오."

통역 장교가 성혁의 경고를 전했다.

주민들은 그 말을 듣고 조선군을 두려워함과 동시에 선동을 벌였던 주민을 다시 노려봤다.

주민들의 기색을 보고 제대로 이야기가 전해졌다고 생각했다.

성혁이 주민들의 생각을 바로 잡았다.

"마저 배급을 받으시오. 그것을 먹으면서 우리가 어떤 군대인지, 조선이 어떤 나라인지 다시 생각해보기 바라오. 다시 이와 같은 불상사가 없길 바라오."

마지막 말을 전하고 발걸음을 옮겼다.

성혁이 움직이기 시작하자 그의 참모와 지휘관들이 뒤따라 움직이기 시작했다.

주민들이 다시 배급을 받기 시작했다.

"괜히 의심하지 마."

"알겠어."

"저놈 때문에 죽을 뻔했네. 칵, 퉤."

양기탁에게 주먹을 맞았던 주민에게 침을 뱉었다.

그리고 질서정연하게 줄을 서서 조선군이 나눠주는 양식을 받고 집으로 돌아갔다.

주먹을 맞고 침을 맞았던 주민도 일어나서 배급을 받았다.

그렇게 점령지 주민들의 민심을 관리했다.

이주현이 지휘하는 근위 1사단은 다소 후방에 위치하며 휴식을 취했다. 그리고 전선에서 싸우고 있는 다른 사단의 소식을 접했다.

1군단 지휘 막사이자 근위 1사단 지휘막사이기도 했다.

막사 안에 유성혁과 이응천, 이주현을 비롯해 박승환을 포함한 연대장들이 모여 있었다.

전령이 와서 지휘관들이 지켜보는 가운데 유성혁에게 보고했다.

"미니의 적 대군이 궤멸됐습니다. 아군 사상자는 154명. 적군 전사자는 18000명 이상으로 아직도 집계 중입니다. 3천명 이상의 포로를 생포했습니다."

지도 위로 말이 움직이면서 '美祢(미네)'라는 한자 위에 태극기가 세워졌다.

그리고 그 자리를 차지하고 있던 일장기를 단 말이 지도 밖으로 치워졌다.

지도를 보며 유성혁이 지휘관들에게 말했다.

"이제, 관문만 남았군."

일본 서부 지역에서의 승리가 눈앞이었다. 그리고 그 승리는 전쟁을 거의 이긴 것과 다를 바 없었다. 성혁과 지휘관들의 시선이 교차되고 서로의 입에 만족스러운 미소가 걸렸다.

이응천에게 성혁이 지시를 내렸다.

"특임대장에게 가능하다면 적장을 생포하라고 전하게."

"예. 참모총장님."

한번 더 물러나면 바다에 빠질 수밖에 없었다.

그러나 버티기를 한다고 해도 무의미한 버티기였다.

연전연패하며 서부 일본군이 관문까지 밀려났다.

그리고 더 이상 후퇴할 수 없는 상태에서 '미네'라 불리는 미니에서 마지막 사단이 궤멸된 소식을 밤에 들었다.

전사자만 18000명이 넘는다는 소식에 직속상관인 쿠로키가 무릎을 꿇었다.

"어떻게 이런 일이……!"

"쿠로키 대장……."

노기가 곁에서 내려다보고 있었다.

그의 앞에서 쿠로키가 오열을 토해냈다.

"대체 어쩌다 이리 된 것이오…? 불과 몇 년 전만 하더라도 우리의 구식 무기나 사용하던 조선이 이렇게 우리를 유린한단 말이오…? 있을 수 없는 일이오…! 저 하늘이 도저히 용서되지 않소…! 우리 일본을 하늘이 버렸소…! 크흐흑… 흐흑!"

이를 세게 물다가 잇몸이 상해서 핏물이 떨어졌다.

대군을 잃은 슬픔이 하늘을 향한 원망이 되었다.

그리고 치욕스러웠다.

온몸을 저미는 굴욕감으로 더 이상 살아서는 안 된다는 생각이 들었다.

1군 참모장에게 즉시 지시를 내렸다.

"참모장!"

"예! 대장님!"

"부하들의 죽음을 책임져서 명예를 지킬 것이다!"

"대장님……!"

"어서!"

"예… 예!"

쿠로키의 지시를 따라 그의 참모장이 날카로운 일본도를 뽑아들었다. 그리고 무릎을 꿇은 쿠로키가 상의를 벗고 단도를 뽑아들었다.

지휘 막사의 장교들이 지켜보는 가운데 어느 누구도 쿠로키의 행동을 말리지 않았다.

그저 침통한 모습으로 그의 최후를 지켜보려고 했다.

칼을 들고 있는 참모장의 손을 노기가 붙잡았다.

"노기 대장……."

"내가 하지."

노기에게 칼을 넘겨주고 참모장이 울면서 뒤로 물러났다. 그리고 노기와 쿠로키의 시선이 부딪혔다.

결의를 다진 쿠로키가 다시 단도를 손에 쥐었다.

칼을 든 노기는 눈을 감고 그의 죽음 너머에 일본군의 부활을 꿈꿨다.

이윽고 쿠로키의 신음 소리가 들려왔다.

"크윽… 으으윽!"

노기가 칼을 치켜들면서 쿠로키에게 말했다.

"먼저 가 있으시오."

!

"대장님!"

"크흐흐흑…! 흐흑……!"

생사고락을 함께 했던 1군 지휘부 장교들이 오열했다.

그리고 목이 잘리면서 쓰러진 쿠로키의 시신을 노기가

안쓰럽게 쳐다봤다.

자신도 그의 뒤를 따르고자 했다.

"참모장."

"예. 대장님."

"부탁하네."

"예……."

노기가 무릎을 꿇었고 상의를 벗었다.

그리고 깨끗한 단도를 받아 배를 가를 준비를 했다.

그의 뒤에서 참모장이 울음을 참으며 칼을 들었다.

눈을 감았다가 뜨면서 노기가 참모장에게 마지막 명령을 내렸다.

그에게 지휘권을 넘겼다.

"항복하면 자네와 부하들이 살 것이고, 마지막까지 싸우면 동쪽의 황군과 신민들이 깨어날 것이니, 어떤 결정을 내리든 그것이 옳은 길이 될 것이네. 자네 주관대로 결정하게."

"예… 대장님."

그리고 배를 찌르려고 했다.

깊숙이 찌르기 위해 단도를 번쩍 들어 올려서 내려찍으려 할 때였다.

앞에서 공기가 일렁이는 것을 봤다.

"……?!"

단도를 내리고 눈가를 씰룩이며 앞에서 일어나는 현상을

60

자세히 보려 했다. 마치 아지랑이가 피어오르는 것 같았고 유령처럼 움직이기 시작했다.

그것을 지켜보다가 머릿속에서 떠오르는 기억이 있었다.

"이런! 피하라!"

챙그랑!

"우왁!"

"안 보여!"

드드득. 드득.

"크학!"

"커헉……!"

막사 안의 등잔이 밖으로 내던져졌다.

어둠이 지휘 막사 안에 깔린 가운데 불빛이 번쩍이면서 장교들의 절규가 순간적으로 들렸다가 사라졌다.

총탄을 맞고 머리가 터지는 소리와 가슴과 복부를 파고드는 소리가 소름끼치게 들렸다.

그리고 콩을 볶는 소리가 요란하게 들렸다.

그것은 절대 총성이 아니었다.

어둠 속에서 노기가 비명을 질렀다.

"으아아! 도망쳐! 아악!"

퍽!

"커헉……!"

묵직한 것이 배로 날아들어 호흡이 일시적으로 멈췄다.

그리고 머리에 둔탁한 소리가 나면서 충격이 일어났다.

그대로 의식을 잃었고 지휘 막사 안은 피바다가 되었다.

갑작스런 소란에 막사 주위로 일본군 장병들이 몰려들었다.

어수선한 분위기 속에서 총을 들고 잔뜩 긴장한 모습으로 막사를 포위했다.

그때 그들에게도 총알이 날아들었다.

퍼퍼퍽! 퍼퍽!

"으앗!"

"어디서 쏘는 거야?!"

"엄폐해!"

퍼퍽!

"커흑……!"

총성이 들리지 않았다.

때문에 총알이 어디에서 날아드는지 알 수 없었다.

막사를 감싸던 일본군이 피하려고 포위망을 풀었다.

그것을 본 자가 일본군 진영 외곽에 있었고 소음기가 달린 C―3 레일 기관총의 손잡이를 손에 쥐고 있었다.

조준경으로 막사 주위를 살피다가 방탄 헬멧에 달린 무전기를 작동시켰다.

"지금입니다. 적들이 피했습니다."

―수신!

막사의 막이 펄럭이면서 피로 얼룩진 유령들이 나왔다.

그리고 그들에게 묶여서 어깨 위에 들린 노기가 빠져 나왔다.

지휘 막사를 휩쓴 종현이 무전기를 켜서 명령을 내렸다.

"철수!"

─수신!

그로부터 열흘이 지났다.

본주로 직접 건너간 유성혁의 승전 보고가 이희에게 전해졌다. 김홍집이 안경수, 장성호와 함께 협길당으로 가서 보고했다.

장계를 읽은 이희의 표정이 심각해졌다.

환하게 미소 지었다.

"감축 드립니다. 전하."

세 사람이 함께 축하의 말을 전했다.

이희가 첩지를 접으면서 승리를 이룩한 지휘관들을 칭찬했다.

"조선사에 있어서 이와 같은 승리가 있을까 한다. 6만의 군사로 15만 적군을 궤멸시키다니, 아니 그러한가?"

"그렇습니다. 전하."

"산구였던가, 거기서 세자가 죽을 뻔했다는 소식을 들었을 때 가슴이 철렁 내려앉았는데, 기어코 이런 기쁨의 순간을 맞이하게 되는군. 세자를 구한 병사의 이름이 무엇이었는가?"

"김춘삼입니다."

"세자 대신 총상을 입고 죽을 뻔했다는데 마땅히 훈장 수여가 이루어져야 한다고 생각한다. 세자를 구해서가 아니라 죽음을 각오하고 전우를 구한 공훈으로 말이다. 총리대신은 군부대신과 논의하여 이를 조치하라."

"예. 전하."

김춘삼에게 훈장 수여를 준비하라고 명했다.

이척이 죽을 뻔했다는 소식을 듣고 아찔해졌던 기억을 떠올리며 다시 전투 과정이 상세히 쓰인 장계를 읽었다.

일본의 정예 주력 부대를 궤멸시킨 상태였다.

그리고 적장을 사로잡았다.

"3군 유격대 대장, 내목희전……."

"일본식 발음으로는 노기 마레스케입니다. 독일 유학파 출신에 청나라와의 전쟁 때 1여단장을 맡았습니다. 이후 대만의 총독으로 부임하기도 했습니다."

"일왕이 이 자를 잘 알겠군."

"예. 저하. 3군 사령관에 직접 임명한 것으로 압니다. 그가 우리에게 사로잡힌 사실을 알게 되면 우리의 승리도 믿을 것입니다. 어쩌면 전하께 항복할 수도 있습니다."

김홍집의 대답을 듣고 이희가 고개를 끄덕였다.

그리고 장성호에게 물었다.

"만약 항복을 받게 되면 조선은 일본을 식민지로 삼을 수 있는가?"

그 물음에 장성호가 고개를 끄덕였다.

"가능합니다. 하지만……."

"하지만?"

"조선은 서양 제국과 다른 길을 걸었으면 합니다. 일본을 식민지로 삼지 않고 그들을 징벌할 수 있으며, 후에 뉘우친 그들이 우리의 친구가 될 수 있습니다. 영원한 동맹도 없지만 영원한 원수도 없습니다. 우호적인 관계를 맺으며 우리 국익을 키울 수 있습니다."

"기술과 교육으로 말인가?"

"예. 전하. 천군이 그 길을 전하께 보여드리겠습니다."

정의로운 길을 걸어야 한다고 말했다.

현실과 동 떨어지는 듯한 말이었지만 그런 일을 벌이고 싸워 이기는 것이 천군이었다.

김홍집과 안경수는 그런 천군의 수뇌인 장성호를 반박할 수 없었다.

장성호의 길을 믿으며 걷고자 했다.

그러나 민심이 중요했다.

"일본에서 정조론을 거론하고 그 주장에 동조한 무리들을 모조리 찾아 징벌할 것이다. 그러나 그것만으로 과인의 백성들은 납득하지 않을 것이다."

"그럴 것입니다."

"무엇으로 백성들을 설득하겠는가?"

이희의 물음에 장성호가 대답했다.

"조선과 가까운 구주를 영토로 삼고 일본이 강제로 편입

한 유구와 대만을 독립시켜 조선의 우호국으로 만들 겁니다. 석탄이 풍부한 구주를 영토로 삼으면 국익은 국익대로 얻고 일본을 식민지로 삼지 않는 명예도 얻을 수 있습니다. 마지막으로 일본의 군주제를 폐지할 것입니다."

"일왕을 폐위시키겠다?"

"그 정도면 백성들도 충분히 납득할 것입니다."

그 외에 몇 가지 조치 사항들을 더 전했다.

그 말을 들은 이희는 고개를 끄덕이면서 장성호가 하는 이야기가 매우 합당하다고 생각했다.

그리고 김홍집에게 물었다.

"총리는 어찌 생각하는가?"

안경수와 시선을 주고받은 김홍집이 대답했다.

"특무대신의 의견이 매우 합당합니다. 신은 특무대신보다 나은 의견을 말씀드릴 수 없습니다."

그 말을 듣고 이희가 어명을 내렸다.

"자리를 마련하라. 과인이 다시 일왕에게 항복을 권할 것이다. 우리의 유리한 전황을 증명할 것이다."

"어명을 받들겠습니다."

다시 만 하루가 지나서였다.

한양에 구금되어 있던 무쓰히토가 근위대의 압송을 받으며 경복궁에 입궐했다.

그리고 근정전으로 향했다.

근정전 앞마당 양편으로 대신과 협판이 줄지어 서 있었

고 중앙에 천이 둘러진 식장이 차려져서 마치 중요한 행사가 이뤄지는 것 같았다.

그곳을 지나 전내로 들어가서 용상 위에 앉아 있는 이희를 올려다봤다.

군복을 입은 이희가 무쓰히토를 내려다봤다.

그를 올려다보다가 뒤돌아서 밖의 식장을 보고 다시 이희를 쳐다봤다.

그는 헛웃음을 짓고 이희를 비웃었다.

"쓸데없는 짓을 하는군. 짐은 절대 항복하지 않을 것이다."

"……."

그의 행동에 따로 이희가 대응하지 않았다.

백문이 불여일견이었기에 조선군이 일본군을 압도하고 있는 사실을 보여주기만 하면 됐다.

이희가 장성호에게 어명을 내렸다.

"포로를 끌고 오라."

"예. 전하."

근위대에게 어명이 전해지고 이내 재갈이 물린 채 포박된 일본군 지휘관 하나가 끌려서 들어왔다.

그를 무쓰히토가 쳐다봤다.

재갈이 물린 지휘관과 그의 시선이 마주쳤고 서로 놀란 표정을 지었다.

무쓰히토가 떨리는 목소리로 그의 이름을 불렀다.

"노기…?! 이게 어떻게……?!"

전과 다른 눈빛을 보이며 이희를 쳐다봤다.

그리고 근엄한 모습으로 이희가 무쓰히토에게 말했다.

"과인의 군대가 생포했다. 일본군 3군과 1군이 함께 본주 서부를 지키고 있었다더군. 그자가 이 자리에 있는 것이 어떤 의미인지 알 것이다."

"……?!"

"이제 너의 정예군은 모두 궤멸 당했다. 영길리와 미리견이 너의 나라를 상대로 선전포고했고, 과인과 조선 백성의 군대는 파죽지세로 동진하며 동경에 태극기를 꽂을 것이다. 그때까지 일본군과 백성들이 항전을 벌인다면 과인은 과인의 군사와 백성들을 지키기 위해서라도, 그들 모두를 죽이라고 명을 내릴 것이다. 하여 어찌할 것인가? 일본 백성들을 죽여서라도 항복하지 않을 것인가? 이제, 과인의 나라가 이기는 것은 명백하다."

이희가 무쓰히토에게 다시 항복을 권고했다.

그의 권고에 무쓰히토는 전에 보여준 적 없는 모습으로 온몸을 떨었다.

조선의 승리를 더 이상 의심할 수 없었다.

"폐하… 크흐흑!"

재갈이 벗겨진 노기가 울먹이면서 무쓰히토를 불렀다.

그리고 그를 쳐다보다가 핏발 선 눈으로 이희를 노려봤다.

무쓰히토가 이희에게 말했다.

"짐이 항복해서 짐의 백성들을 구할 수 있다면 당연히 그럴 것이다. 그러나 짐이 항복한 후에 짐의 군사들과 백성들은 어찌되겠나. 조선은 일본을 식민 지배할 것이고, 짐의 백성들은 핍박 받을 것이다. 조선인이 죽으라하면 죽는 삶을 살게 되겠지. 그런 일이 눈앞에서 뻔히 보이는데 설령 패전하더라도 짐이 항복할 것 같은가? 마땅히 항전을 이어 조선 군민에게 핏 값을 치르게 할 것이다!"

일본이 패한다는 사실을 받아들였다.

그러나 그 사실로 결코 항복할 수 없었다.

그 후에 벌어지는 암울한 미래가 있었다.

때문에 마지막까지 결사항전을 벌여서 일본을 점령한 조선에게 최대한 많은 피를 흘리고자 했다.

그런 무쓰히토의 의지를 보면서 이희가 말했다.

"식민 지배하지 않겠다."

"뭐……?"

"전승해도 일본을 조선의 식민지로 삼지 않겠다. 이 자리에서 과인이 약조하지."

"어디서 감히 개소리를……!"

이희의 말에 무쓰히토가 기막힌 표정을 지었다.

황당함을 느끼는 가운데 통역관을 통해서 이희가 다시 말했다.

"네놈의 나라가, 아니 정확히는 산현유붕과 이등박문을

비롯한 네놈의 신하들이 어째서 조선을 노렸는가? 영길리와 불란서를 비롯한 서양 제국이 약한 나라들을 집어삼키고 그들끼리도 혈투를 벌이는 모습을 보면서 일본 또한 그래야 살아남을 것이라는 생각에 조선을 노렸을 것이다. 그동안 동양에서 조선이 가장 약했으니까. 그리고 일본에 제일 인접한 나라이니까. 조선을 식민 지배하고 심지어 청나라마저도 집어 삼켜서 서양 제국에 맞설 수 있는 나라를 꿈꿔왔겠지. 하지만 그것은 틀렸다. 세상이 틀린 길을 가는데 일본이 가는 길 또한 틀린 길이다. 야욕을 따라가는 길이 정의라고 보는가? 따라서 과인은 반드시 옳은 길을 걸을 것이다."

이희의 말을 듣고 의심하면서 무쓰히토가 물었다.

"짐의 나라와 백성을… 식민 지배하지 않고 서양 나라들을 상대로 싸워 이기겠다고?"

그리고 대답을 들었다.

"그렇다. 싸울 땐 싸우겠지. 하지만 싸우지 않을 수 있다면 그것으로 더 큰 승리를 이룰 것이다. 그 결과를 과인이 보여줄 것이다. 그러기 위해서 조선은 반드시 일본을 식민 지배하지 않는다. 단지, 책임을 물을 것이다."

"……"

"정조론을 주장하고 그 이론에 협조한 자들, 그 이론에 대해 조금이라도 긍정적인 생각을 벌인 자들을 모조리 색출해서 섬멸할 것이다. 그들은 과인의 적이면서 조선 만민의 국적이다. 그들을 정리한 후 배상을 치르고 나면 우의를 도모할 것이다."

"……."

"과인의 생각이 과연 일본의 미래를 지울 생각인가?"

"……."

이희의 물음에 무쓰히토가 쉽게 대답하지 못했다. 그리고 노기도 여태 머릿속에 굳혀 왔던 생각이 흔들렸다.

정조론의 논리를 따랐지만 그것이 불의라는 말에는 한 치의 부정도 할 수 없었다.

두 사람의 고민이 이희와 조선 대신들에게 읽혔다.

이희가 김인석과 장성호를 쳐다봤다.

일본을 식민 지배해서 조선을 더욱 강한 나라로 만들고픈 욕망이 이희에게 없는 것이 아니었다.

단지 미래에서 온 후손들을 믿을 뿐이었다.

'이 길이 옳은 길이겠지?'

이희가 눈빛으로 물었다.

'예. 전하. 저희가 그 길을 걸을 수 있는 힘을 드리겠습니다.'

'너희들을 믿고 따르겠다.'

재앙의 불씨가 될 수 있었다. 조선을 일본이 식민지배 하는 미래를 이희가 알고 있었다.

그의 나라를 지키기 위해서 일본이라는 나라를 세상에서 지우고 싶었다. 그러나 그것이 세상과 똑같은 방식이라는 것을 알았다. 그리고 사악한 길이었다.

그 길을 충분히 피할 수 있었다.

교육과 기술과 경제로 조선을 강국으로 만들 수 있었다.

조선에 강림한 후손들이 이희에게 알려준 길은 바로 그러한 길이었다.

이희의 제안을 들은 무쓰히토가 한번 더 검증했다.

"배상은 어떻게 치르게 할 것인가?"

"회사, 자본, 자원, 영토, 그 어떤 것으로도 치르게 될 것이다. 확실한 것은 본주는 일본의 영토다. 그리고 조선에서 제일 가까운 구주는 반드시 할양 받을 것이다. 그것으로 배상의 절반을 이루고, 일본의 영토가 아닌 대만과 유구는 신생국으로 독립될 것이다. 그것이 순리에 맞는 길이니까. 그들이 독립을 되찾듯 일본도 독립을 지킬 것이다."

'유구'는 일본에서 '오키나와'라 부르는 곳이었다.

대답을 듣고 무쓰히토가 눈을 감았다.

침통한 모습으로 이희의 말한 바를 생각하다가 다시 입을 열었다.

본주와 북해도, 사국을 지킨다 해도 당장 자치가 이뤄지지 않을 것이라 생각했다.

"야마가타를 비롯한 짐의 신하들을 처벌할 것인가?"

"그렇다."

"정조론을 주장한 지식인들도 찾아내 처벌할 것인가?"

"그렇다."

"그러면 조선군이 일본에 주둔하면서 폭정을 벌이겠군. 그것이 식민 지배와 다를 게 무엇인가?"

언성을 높여서 무쓰히토가 묻자 이희가 입꼬리를 끌어당기면서 대답했다.

"10년이다."

"무슨 뜻인가?"

"10년 동안 일본에 퍼져 있는 조선에 대한 반감과 야망을 지울 것이다. 그리고 조선과 우호적인 관계를 이룰 수 있는 정치지도자를 일본 백성이 스스로 뽑을 수 있도록 만들 것이다. 우리에게 일본의 국익을 위해서 큰 소리 칠 수 있는 위정자를 말이다. 그럴 수 없는 위정자를 우리가 만들어 봐야 조선에 대한 일본 백성들의 마음만 나빠질 것이다. 그런 어리석은 길을 우리는 걷지 않을 것이다."

대답을 듣고 무쓰히토가 고개를 끄덕였다.

그리고 마지막으로 물었다.

"짐과 황실은 어찌 되는가?"

다시 이희가 대답했다.

"일본의 군주제는 폐지된다. 이는 일본의 군주가 정조론의 논리로 조선에 대한 위협에 협조했기 때문이다. 그 모든 잘못과 경위를 일본 백성들에게 알릴 것이다. 철저히 교육시켜서 다시는 조선을 넘보지 않고, 우호의 관계를 이루며 함께 발전하는 길을 걸을 것이다. 일본 왕실은 철저히 반성하고 책임져야 한다."

그 말을 듣고 노기가 토혈하듯 외쳤다.

"폐하! 아니 됩니다! 절대 항복 하시면 안 됩니다!"

그리고 이희에게 크게 외쳤다.

"이놈! 차라리 날 죽여라! 폐하께서 하신 일이 아니라 내가 한 일이다! 날 죽이고 아무 죄 없는 폐하를 풀어드려라!"

그에게 차가운 시선이 향했다.

곧 그를 외면한 이희가 무쓰히토를 보면서 말했다.

"지금 항복한다면 이 정도 선에서 마무리 지을 것이다. 그러나 그렇지 않고 항전하겠다면 당연히 조선의 피해도 늘어날 것인 바, 일본은 전쟁이 끝났을 때 더 큰 배상을 치러야 할 것이다. 심지어 식민 지배를 받는 것까지 말이다."

"……."

"어떻게 할 것인가? 일본을 대표하는 자로 과인과 과인의 백성들에게 항복하겠는가? 아니면 계속 싸울 것인가? 이제 일왕이 일본의 운명을 정하라."

"……."

"어찌할 것인가?"

이희가 거듭 무쓰히토에게 물었다.

그리고 무쓰히토는 눈을 감고 마지막까지 발악하고픈 마음과 백성들의 미래 사이에서 고민했다.

고민을 거듭하다가 침통한 표정으로 눈물을 흘렸다.

"항복…하겠다."

"폐하……!"

노기가 목이 쉴 정도로 크게 외쳤다.

그를 보면서 무쓰히토가 말했다.

"참으로… 미안하네… 짐이 부덕하고 어리석어서 벌어진 일이네… 참으로 미안하네."

"폐하! 폐하! 아니 됩니다…! 폐하……!"

한 맺힌 노기의 외침을 뒤로하고 무쓰히토가 이희를 향해 허리를 굽히면서 항복의 뜻을 전했다.

그 모습이 근정전에 입전한 신문기자들의 사진기 속에 담겼다.

그리고 밖으로 나가 식장의 탁자 앞에 섰다.

조선글과 일본어가 쓰여 있는 평화협정 문서를 무쓰히토가 확인했다.

이희가 말한 바가 그 안에 담겨 있었다.

군주제 폐지와 조선이 10년 군정을 이루는 조항을 확인하고 무쓰히토가 눈물을 흘렸다.

조약문 위로 그의 눈물이 방울방울씩 떨어졌다.

"조선왕이여! 반드시 약조한 바를 지켜야 할 것이다!"

돌아서서 말하는 무쓰히토의 외침에 이희가 고개를 끄덕였다.

그리고 무쓰히토의 서명이 이뤄지고 그의 서명을 지켜보면서 노기가 오열했다.

그 모든 모습이 사진기 속에 담기고 있었다.

2부의 조약문을 이희가 받아서 서명했다.

그리고 한 부를 김홍집에게 넘겨서 조정에서 보관했고 나머지 한 부는 일본 정부에서 보관하기로 했다. 궁내부대신인 이시영에게 넘기자 그것을 장성호가 받았다.

이희가 장성호에게 어명을 내렸다.

"동경의 일본 총리에게 전쟁이 끝난 사실을 전하라."

"예! 전하!"

김홍집이 두 팔을 들면서 크게 외쳤다.

"승전을 경하 드립니다! 전하!"

"대조선국 만세!"

"만세! 만세! 만세!"

"오오오!"

함박웃음을 터트리며 모든 대신들이 크게 기뻐했다.

만세를 크게 부르짖으면서 조선의 영광된 시대가 온 것을 실감했다.

그리고 그 사이에 노기와 무쓰히토가 있었다.

오열하면서 자신들의 시대가 저물고 일본은 만년 2등 국에 머물 것이라고 생각했다.

그런 사실이 너무나 통탄스러웠다.

능력이 없는 스스로를 돌아보며 분통을 터트렸고 그 분기를 이기지 못해서 끝내 목숨을 끊었다.

그날 밤, 노기가 옥사에서 벽에 머리를 쳐서 자결했다.

그 죽음은 며칠 지나서야 무쓰히토에게 전해졌다.

일왕의 항복한 사실은 하루가 지나서 조선 전역에 알려졌다.

종로 상점 가판대에 신문이 꽂혔고 신문 전면의 제목을 읽은 백성들이 잽싸게 신문을 뽑아 들었다.

그리고 급히 계산하고 신문을 읽었다.

"일왕이 항복했어!"

"전하께 허리를 굽힌 이 자가 일왕이 맞아?! 어떻게 조선에 있지?!"

"몰라! 아니라면 다른 나라가 트집을 잡겠지! 여기 항복 문서에 서명하는 일왕의 모습이 사진에 속에 있어! 우리가 정말로 이겼나 봐!"

"구주를 할양받기로 했어!"

"우리가 이겼다!"

"전쟁이 끝났어!"

"대조선국 만세!"

"와아아아아~!"

신문을 읽은 백성들이 눈물을 흘리면서 만세를 크게 외쳤다.

무슨 일이 일어났는지 몰라 어리둥절하던 백성들은 땅에 떨어진 신문을 읽거나 만세를 외치는 백성들에게 물으면서 조선이 일본과의 전쟁에서 이긴 사실을 알게 됐다.

일왕인 무쓰히토가 이희에게 허리를 굽히며 항복하는 사

진이 앞으로 역사에서 영원히 쓰일 것이라고 생각했다.

남녀노소 가리지 않고 만세를 외치며 기뻐했다.

곧이어 한양에 주재하는 외국 공사관원들이 일본의 항복을 알게 됐다.

무쓰히토가 어떻게 조선에 와 있는지 모른 채, 조선군에 생포된 것은 명백한 사실이 되었다.

바다 건너 일본에 주둔하고 있던 조선군에게도 전해졌다.

"예? 일본이 항복했다는 말씀입니까?"

"그렇다!"

"그러면 우리가 이긴 겁니까?"

"명백하게 이겼다! 일왕이 항복 문서에 서명했고 구주를 할양받기로 했다! 그리고 일왕은 폐위된다! 이를 두고 누가 감히 일본의 패배를 부정하겠나. 전하께서 승전을 선포하셨다!"

"오오오!"

"태극기를 높이 세워라 주민들에게 우리의 승리를 알릴 것이다! 이제부터 구주는 우리 땅이다!"

"와아아아!"

"대조선국 만세!"

구주에 주둔하고 있던 조선군 육군 2군단이 승전을 누렸다. 태극기를 높이 세우고 만세를 외치며 주민들에게 조선의 승리를 크게 알렸다.

며칠이 지나 조선에서 발행된 신문이 도착하면서 그 안에 담긴 사진으로 말미암아 구주에 거주하는 일본 주민들이 비탄에 잠겼다.

그리고 자신들이 일본인으로 살게 되는 것인지 조선인으로 살게 되는 것인지 궁금해 했다.

그에 관한 것은 차후에 따로 정한다는 이야기를 전해 들었다.

무쓰히토의 항복이 이뤄진 사실은 광도에 주둔하고 있던 육군 1군단에게도 전해졌다.

그러나 소식을 들었음에도 그 승리를 충분히 누릴 수 없었다.

소식을 들은 성혁이 휘하 군사들에게 엄히 명령을 내렸다.

"일왕이 전하와 우리에게 항복했지만 동경의 적은 여전히 투항하지 않고 있다! 따라서 절대 긴장을 놓지 마라! 경계에 실패하면 해당 병사와 지휘관을 엄히 처벌할 것이다! 우릴 해하려 하는 자들 모두가 적이다!"

"예! 참모총장님!"

이웅천과 이주현, 박정엽, 박승환 등의 사단장과 연대장들이 크게 대답했다. 그리고 점령지를 안정시키며 동쪽으로 향한 전선을 단단하게 굳혔다.

아직 20만명이 넘는 대군을 이루는 동쪽의 일본군을 경계했다.

일본 서부 지역에도 무쓰히토가 항복한 사실이 전해졌다. 그리고 오사카라 불리는 대판 동쪽으로도 군의 통제를 뚫고 일왕이 항복한 사실이 전해졌다.

그런 와중에 삼국 공사관을 통해서 일본의 외무성으로 봉투 하나가 전달됐다.

중립국이라 할 수 있는 프랑스의 공사가 직접 사이온지를 만나서 봉투를 건네줬다.

그것을 받은 사이온지가 프랑스 공사에게 물었다.

"이것이 뭐요?"

"조선에서 보내온 것이오. 읽어 보시오."

큰 봉투를 뜯어서 안에 담긴 것을 살폈다.

그 안에 잘 접혀 있는 신문 1부와 고급스런 장식이 가미된 문서 덮개가 담겨 있었다.

신문은 뒷면이어서 안의 내용을 바로 볼 수 없었다.

그것을 잠시 두고 덮개부터 펼쳐서 안의 내용을 살폈다. 그 내용을 보고 심장이 요동치는 것을 느꼈다.

믿을 수 없는 반응을 보이며 일본어로 쓰인 신문을 펼쳤다.

"이… 이건……?!"

프랑스 공사가 물었다.

"조선에서 대답을 원하오. 어떤 대답을 전하겠소?"

"……."

그 물음에 바로 답할 수 없었다.

관자놀이로 식은땀이 흘러내렸다.

프랑스 공사에게 차후에 대답을 전해주겠다고 말했다.

그리고 신문과 덮개에 싸인 문서를 들고 태정관으로 향했다. 사이온지로부터 문서를 받은 야마가타가 눈동자를 떨었다.

"이… 이게 무엇이오……?!"

사이온지가 엿듣는 이가 있는지 주위를 한번 더 살피고 대답했다.

"폐… 폐하께서 서명하신 항복 문서요……."

"뭐?"

"신문을 읽어보시오… 조선에서 발행되는 일본어 신문이오… 거기에 폐하께서 서명하시는 모습이 담겨 있소… 생포된 노기 장군도 함께 사진에 담겼소."

"빌어먹을!"

"조선에서 우리에게 투항하라고 전해왔소… 전쟁이 끝났다고… 지금 대답을 기다리고 있소."

대답을 듣고 야마가타가 분통을 터트렸다.

"악을 쓰며 싸우고 있는데 이리 물을 끼얹으실 수가 있단 말인가?! 그리고 전쟁이 끝났다니?! 누구 마음대로 끝났다고 말하는 것이오?!"

"평화협정문에 폐하께서 서명하셨소."

"자그마치 20만 명이오!"

"……."

"20만 명이 넘는 군사가 아직 버티고 있고 천황 폐하를 위해 싸울 수 있는 백성이 무려 수백만명이오! 제대로 힘을 모으면 조선군을 물리칠 수 있소! 그런데 이리 허무하게 서명하실 수 있다니! 어떻게 이런 일이……!"

"총리대신……."

"태우시오!"

"……?!"

"못 들었소?! 태우란 말이오! 이딴 항복문서를 인정할 수 없소!"

야마가타의 말에 사이온지가 크게 놀랐다.

집어던져진 조약문을 들고 다시 한번 전쟁이 끝난 사실을 알리려고 했다.

조약문에 일본의 독립이 보장되어 있었다.

"비록 큐슈를 조선에게 빼앗기고 오키나와와 대만을 잃었지만 나머지 영토는 보존되오. 일본의 독립이 보장되어 있소."

"그딴 보장이 무슨 상관이오?!"

"어째서 그리 생각하시오?"

"조약문에 뭐라고 쓰여 있소?! 조선군이 10년 동안 군정을 벌이겠다고 쓰여 있지 않소?! 그것이 무엇을 뜻하겠소?! 바로 나와 외무대신을 포함해서 정조론에 관한 모든 인사들을 숙청하겠다는 것이오! 우리를 모두 죽이겠다는 것인데 정녕 외무대신은 일본의 독립만 지킬 수 있으면 목

82

숨마저도 내놓을 거요?! 그동안 목숨 바쳐서 싸워 왔던 우리 동지들의 명예를 더럽힐 거요?!"

"……."

"절대 그렇게 되어선 아니 되오! 더 많은 조선군이 피를 흘려야 되오! 외무대신이 태울 수 없다면 이리 주시오!"

야마가타가 사이온지의 손에 들린 조약문을 빼앗았다.

그리고 이내 지시를 내렸다.

"조선이 대답을 기다리고 있다고 하였소?! 당장 가서 투항하지 않겠다 전하시오! 죽더라도 끝까지 항전을 벌일 것이라고 전하시오! 끝내 천황 폐하를 우리 손으로 구하겠다 전하시오! 전쟁은 아직 끝나지 않았소! 알겠소?!"

"알겠소."

"가서 전하시오!"

야마가타의 호통을 듣고 사이온지가 눈을 감았다.

어쩔 수 없다는 생각으로 발걸음을 옮겼고 그의 집무실에서 나가 외무성으로 향했다.

그리고 프랑스 공사를 다시 불러들였다.

그에게 일본 정부의 대답을 전해줬다. 그후 며칠이 지나 한양으로 야마가타의 입장이 전해졌다.

보고를 받은 이희가 미간을 강하게 조였다.

"일왕의 항복을 받아들이지 않겠다고?"

"예. 전하."

"그러면 명백한 반역이 아닌가? 주군을 위한다는 자들

이 주군의 항복을 거부하다니, 어찌 그럴 수 있는 게지?"

야마가타의 대응에 이희가 황당히 여기면서 장성호에게
물었다.

그리고 대답을 들었다.

"일왕의 명을 따르면 죽는 것은 둘째 치고 그들의 명예도
사라지기 때문입니다. 살아서도 죽어서도 모든 것을 잃는
길인데 군주의 명령이라고 따를 수 없었던 겁니다. 그리고
미리 그럴 수 있을 것이라 예상했습니다."

"예상 했다면 대비책도 마련했겠군."

"예."

"그럼 그 대비책대로 적을 진멸하라. 경에게 과인이 군
권을 위임하겠다."

"어명을 받들겠습니다. 최소한의 피해로 적을 궤멸시키
겠습니다."

무쓰히토의 항복을 받아들이지 않는 자가 있을 것이라고
생각했다. 그리고 그에 관한 대비를 미리 준비했다.

남은 일본군의 수뇌를 참수시키려고 했다.

죄인을 처단하다

"저게 뭐야, 대체?"

"정확히는 모르는데 햇빛을 받아서 전기를 만든다고 하던데?"

"천군의 장비를 쓰려면 저걸로 전기를 채워야 한다고 들었어."

"참 신기한 기물이군."

"확실히 천군은 우리와 다른 것 같아."

천막 앞에 태양광 전지가 펼쳐져 있었다.

햇빛을 받아 전지에 전기가 충전되고 있었다.

막사 안으로 연결 된 선 끝에는 특임대 대원들이 사용하는 스텔스 망토와 레일 화기들이 달려 있었다.

장비를 충전시키면서 휴식을 취하고 있었다.

대원들이 직접 막사 외곽을 지키며 경계하고 있을 때 성혁과 이응천을 만나고 온 종현이 대원들을 모아 이야기했다.

무쓰히토가 끝내 이희에게 항복한 사실을 알려줬다.

"일왕이 항복했다. 때문에 공식적으로 일본과 조선은 더 이상 교전국이 아니야. 조약의 내용을 따라 우리는 일본을 점령하고 군정을 실시하고, 만약 우릴 공격하거나 군정을 거부한다면 일본 정부 차원에서 반역으로 간주한다. 이것이 팩트다."

종현의 알림에 여자 대원인 이윤성이 물었다.

"그러면 동경의 야마가타도 항복했습니까?"

"아니. 항복하지 않았어."

"어떻게 합니까?"

"일본과 우리 군정에 반역을 일으킨 자이기에 마땅히 죗값을 치르게 할 거야. 그 전에 이번 전쟁을 일으킨 전쟁범죄 용의자이기도 하지. 몇 달 후에 죽이든 지금 당장 죽이든 반드시 처단해야 할 국적이다. 이 말이 무슨 뜻인지 알겠지?"

"예."

"놈이 결사항전을 벌이기로 한만큼 전투가 벌어질수록 아군의 피해도 명확히 늘어난다. 그럴 바에 싸워야 된다고 주도하는 놈들만 죽이면 되지. 언제든지 출동할 수 있도록 준비해 둬."

"알겠습니다. 대장님."

"어쩌면 마지막 침투가 될지 모르겠어."

"예."

천군의 탄약은 특별한 탄환이었다.

화약으로 발포되는 것이 아닌, 전기의 힘으로 강한 추진력을 받아 적의 군복과 심장을 찢어놓는 탄환이었다.

때문에 조선의 기술력으로 생산할 수 없었다.

그와 함께 특임대에 힘을 불어 넣어주는 태양전지와 스텔스 망토의 재질과 부품도 수명을 다해가고 있었다.

하늘을 향해서 펼친 전지판을 보면서 우종현이 생각했다.

'유과장님께 전지 개발을 해달라고 말해야겠어.'

특임대에 다시 힘을 실어줄 수 있는 조치가 필요하다고 생각했다.

적 수뇌를 급습할 준비를 벌이는 동안 일본 서부의 조선군이 조금씩 동진했다.

그리고 오사카라 불리는 대판 서쪽에 이르렀다.

승전을 이루고 조선군이 일본을 점령해가는 동안 동경의 야마가타와 그를 따르는 대신들은 자신들의 목숨과 명예를 지키기 위해서 발버둥질 하고 있었다.

휘하 군사들에게 결사항전을 지시했다.

"전쟁은 모든 것을 얻거나, 모든 것을 잃는 것이다! 패하면 목숨 뿐 아니라 가족의 안위까지도 잃는 것이니, 아들과 딸을 조선의 노예로 만들지 않으려거든 죽더라도 적 한 명을 더 죽이고 죽어라! 마지막까지 싸워서 적에게 우리의 결의가 어느 정도인지 보여라!"

"예! 총리대신!"

육군대신인 카츠라가 지켜보는 가운데 동경을 지키는 주요 지휘관들을 불러놓고 야마가타가 직접 명령을 내렸다. 그는 이전에 육군대신을 겸했고 휘하 군사들은 무쓰히토의 군사이기보다 그의 군사에 더 가까웠다.

그리고 그의 명령을 따라서 항복하지 않은 일본군은 마지막까지 싸우려고 했다. 서쪽의 명고옥과 경도, 대판까지 야마가타의 결사항전 명령이 전해졌다.

그리고 세 도시를 지키는 부대도 목숨을 걸고 조선군을 상대로 싸우려 했다.

진지를 구축하고 시가지 안에 장애물을 쌓았다.

사력을 다한 전투를 기다리고 있을 때 장병들 사이에서 이상한 소문이 돌았다.

"들었어?"

"뭐가?"

"영국과 미국이 우릴 상대로 선전포고했다고 하는데? 다른 대대에서 온 병사한테서 이야기를 들었어. 만약 두 나라도 상대해야 되면 우린 어떻게 되는 거야?"

"죽겠지… 그것 밖에 더 있겠어? 지금 상황에서 두 나라가 우리에게 선전포고를 해도 그것은 그리 중요한 것이 아닐 거야."

"어째서?"

"조선군이 우리 코앞에 와 있는데 영국군과 미군 손에 죽
겠어 아니면 조선군 손에 죽겠어? 우리는 눈앞에 보이는
적을 죽여야 해."

"그건 맞는 말이야."

"갈수록 태산이로군. 빌어먹을."

영국과 미국이 일본을 상대로 선전포고 했다는 이야기가
돌았다. 그 이야기를 들은 장병 중 일부는 신경 쓰지 않으
려 했다.

어떤 일부 장병은 일본이 완전히 패했다고 생각하면서
그나마 남아 있던 전의마저도 깎여 나갔다.

그러나 그것은 결정적이지 않았다.

장병들의 기세를 송두리째 날려버리는 일은 아직 찾아오
지 않았다.

대판 시내를 장병들이 보초를 서며 경계하고 있었다.

수상한 자가 없는지 고개를 돌리며 찾고 있을 때, 양장옷
을 파는 가게 주인이 신을 파는 가게 주인과 이야기를 하
다가 크게 놀라는 것을 봤다.

그때까지만 해도 별 일 아닐 것이라 생각했다.

옷가게 주인이 사거리를 지키는 장교에게 조심스레 다가
왔다. 그리고 말을 걸었다.

"저, 여쭤볼 것이 있습니다만……?"

"물어 보시오."

"지금 이상한 소문이 들리고 있는데 전쟁이 끝난 게 사실입니까?"

"무슨 말이오, 그게?"

"천황 폐하께서 조선왕에게 항복하셔서……."

"……?!"

"그게 사실인지 알고 싶어서 군관님께 여쭤……."

"지금 대체 무슨 이야기를! 죽고 싶은 게요?!"

"그… 그게 아니라… 지… 진짜인지 아닌지……."

"뭣들 하는가?! 아군을 위태롭게 하는 세작이다! 당장 포박하라!"

"자… 잠깐만요…! 군관님! 아악!"

무쓰히토의 항복으로 전쟁이 끝났다는 것이 사실인지 물었다가 질문을 한 옷가게 주인이 병사들에게 맞으면서 험한 꼴을 당했다.

그리고 그대로 포박되어 부대 옥사로 압송 당했다.

그 모습을 담담히 지켜보는 일본 상인들이 있었다.

그들의 손에 조선에서 발행된 신문이 있었다.

품에 안겨서 옮겨지다가 길 한복판에서 툭 하면서 떨어졌다. 그것은 거리를 돌아다니는 동초에게 발견됐다.

"뭐야, 이건?"

병사가 땅에 떨어진 신문을 들어 올렸다.

그와 거리를 함께 지키는 병사가 곁에서 지켜봤다.

"뭔가 이것은?"

"신문인데?"

"한성일보? 일본에 이런 신문사가 있었던가?"

"아니, 들어본 적이 없어. 갑자기 왜 도로에 신문이⋯⋯."

"이거 조선 신문 아냐?"

"뭐⋯⋯?"

"이게 왜 여기 있는 거지?"

"맙소사!"

"왜⋯ 왜?"

"처⋯ 천황 폐하께서⋯⋯"

"⋯⋯?"

"천황 폐하께서 항복하셨어! 이게 어떻게 된 거야?!"

"⋯⋯?!"

신문을 든 초병이 크게 놀랐다.

그들이 손에 쥔 신문 안에 이희에게 허리를 굽히는 무쓰히토의 모습이 사진으로 담겨 있었다.

그리고 조약문에 서명하는 모습과 조약문 전문도 사진으로 실려 있었다. 그 내용이 신문 안에 상세히 쓰여 있었다. 기사를 읽은 초병은 눈동자를 떨며 어떻게 해야 할지 몰랐다.

그저 지침을 받은 대로 행동했다.

"이⋯ 이걸⋯ 중대장님께 드려야겠어."

"그래⋯⋯!"

신문을 가지고 중대장을 찾아가 전해줬다.

그리고 그 신문을 본 초병들의 상관이 크게 놀랐다

이내 대대를 거쳐서 연대에 이르렀고 끝내 사단과 군 사령부에까지 이르게 됐다.

대판을 지키는 2군 사령부로 동초가 획득한 신문이 전해졌다.

2군 사령관인 '오쿠 야스카타'의 앞에 신문이 놓였다.

신문을 펼쳐 내용을 확인한 오쿠의 미간이 잔뜩 찌푸려졌다.

신문을 가지고 온 참모장에게 물었다.

"이것에 대해 얼마나 많은 장병들이 알고 있나?"

"그리 많지는 않을 겁니다."

"얼마나?"

"대략 100명 정도……."

"100명이면… 이미 소문이 퍼질 대로 퍼졌겠군."

"그래도 조선의 조작이라고 믿고 있습니다. 거짓이잖습니까. 적의 간악한 계략에 걸려들 정도로 우리 병사들은 어리석지 않습니다."

"……."

"혹, 뭔가 따로 근심되는 것이 있으십니까?"

"……."

오쿠의 표정이 어두웠다.

수심에 잠긴 표정으로 탁자 위에 놓인 신문을 내려다보

고 있었다.

마치 죽을 날을 앞둔 사형수 같은 표정이었다.

혹시나 하는 생각으로 참모장이 물었다.

"설마… 신문의 내용이 사실입니까?"

"……."

바로 대답하지 않았다.

아니 할 수 없었다.

장병들이 모르는, 오직 자신만이 아는 이야기를 뒤늦게 알려주기가 몹시 두려웠다.

가급적 들키고 싶지 않았던 일이 재앙이 되어서 찾아왔다. 그는 무겁게 입을 열었고 장병들이 모르는 진실을 알려줬다.

지휘부 장교들이 오쿠를 주목했다.

"육군성과 해군성 막료 일부와 대장 이상의 지휘관만 알고 있는 비밀이 있네. 그것은 처음부터 우리가 이 전쟁에서 이길 수 없는 이유야… 그것은…….."

오쿠의 폭로를 듣고 장병들이 크게 놀랐다.

처음에는 망치로 뒤통수를 맞은 것 같은 느낌을 받았다. 후에는 끝없는 허탈감과 참을 수 없는 분노를 느꼈다. 그후 약 사흘이 지났다.

오사카에 일장기가 내려지고 태극기가 게양되면서 조선군이 한번 더 동쪽으로 진격했다.

끝없는 비보가 동경으로 전해지고 있었다.

* * *

급보가 전해졌다.

보고를 받은 카츠라가 태정관으로 향해 성큼성큼 걸었다. 그리고 집무실에 있던 야마가타를 만났다.

"총리대신!"

"말하시오."

"…2군이 조선군에 항복했다 하오!"

"……?!"

"쿄토도 조선군에게 넘어갔소! 천황 폐하께서 조선왕에게 항복한 사실이 장병들 사이에서 돌고 있소…! 이를 어찌 해야 하오?!"

다급한 목소리가 울려 퍼졌다.

집무실 안에 있던 모든 사람들이 당황한 가운데 야마가타가 콧수염을 떨면서 카츠라를 노려봤다.

그리고 주먹으로 책상을 내려치면서 말했다.

"적의 말을 믿는 장병들 또한 적군이오. 그런 헛소문을 퍼트리는 자들을 모조리 죽이시오."

"하지만 대다수가 지금……!"

"못 들었소?! 모두 죽이란 말이오! 2군 사령관부터 그 헛소문을 지껄이는 사병까지 전부 말이오! 그렇지 않으면 우리는 모든 것을 잃게 되오! 속히 명령을 내리시오!"

야마가타의 명령에 카츠라가 바로 대답하지 못했다.

그것이 최선이었지만 해결책은 아니었다.

선택의 여지가 없었다.

올가미가 목을 조이는 것을 느끼고 있었다.

그럼에도 그것에서 벗어날 수 없었다.

카츠라가 허리를 굽히고 야마가타에게 인사했다.

그가 나가자 야마가타는 떨리는 손으로 담배를 물었다.

"빌어먹을……."

그토록 절망적인 상황이 없었다.

동경에 거주하는 주민과 상인들 사이에서 신문이 몰래 옮겨지고 있었다.

그 신문에는 무쓰히토가 항복하는 모습이 사진으로 담겨 있었고 실제로 무쓰히토를 본 주민이 그를 증명하면서 조선에서 발행 된 신문의 신빙성을 더해주고 있었다.

만약 신문의 내용이 거짓이라면 일찌감치 무쓰히토가 사람들 눈앞에 나타났을 것이라고 생각했다.

그러나 야마가타의 조치는 주민들에게 무쓰히토의 무사함을 알리기보다 그들의 입을 막으려 했다.

주민들이 모여서 무쓰히토가 이희에게 항복한 사실에 대해서 이야기했다.

그들을 몰래 미행한 장교가 병사들을 이끌고 무쓰히토의 항복을 이야기하는 주민들을 포위했다.

"적이 하는 말에 동조하다니! 죽고 싶은 게로군!"

"아… 아닙니다! 그게 아니라, 폐하께서 조선에 항복하셨다는 이야기가 돌아서……!"

"그걸 두고 내통이라는 거다! 뭐하는가?! 적과 내통해 우리 신민을 선동하는 자다! 어서 포박해!"

"아이고. 대위님!"

이야기를 나누던 주민들이 포박되어 압송됐다.

그 모습을 동경 주민들이 지켜봤고 길거리를 지키는 장병들이 지켜봤다.

그리고 그들은 하나같이 무쓰히토가 무사한지에 대해서 계속 의문을 품었다.

병사들 사이에서 비밀리에 이야기가 오갔다.

"만약 폐하께서 항복하셨다면 우린 어떻게 되는 거야?"

"확실한 것은 조선군을 상대로 싸워서는 안 돼."

"어째서?"

"어째서긴 뭘 어째서야. 놈들이 혼슈와 홋카이도에 대한 우리의 영유를 인정해주겠다는데, 맞서 싸우면 식민지배할 수 있는 구실만 주는거 잖아."

태정관을 보면서 말했다.

"총리대신도 빨리 항복하셔야 돼. 그래야 이 전쟁이 끝나. 안 그러면 정말로 망하게 될 거야."

모든 사람들의 바람이 야마가타의 항복으로 기울고 있었다. 하지만 야마가타는 절대 무쓰히토처럼 조선에 항복하지 않으려고 했다.

그를 따르는 다른 대신들도 마찬가지였다.

태정관의 불이 꺼지지 않았고 그 주위로 경계병의 수는 곱절로 늘어났다. 신경이 곤두설 정도로 강한 긴장을 느끼는 와중에도 적보다 강한 수면욕이 야마가타의 정신을 지배하기 시작했다.

책상에 앉은 채로 꾸벅꾸벅 졸았다.

그럼에도 자지 않으려고 눈을 비비며 안간힘을 썼다.

눈을 감으면 왠지 다시 깨어날 수 없을 것 같다는 생각이 들었다.

결국 집무실 책상 앞에 앉은 채로 잠이 들었다.

침묵의 시간이 태정관에서 흐르기 시작했다.

문 앞을 지키는 경비병들도 조금씩 고개를 끄덕이며 졸기 시작했다.

아침이 오기 전의 새벽이 제일 힘든 시간이었다.

그리고 그 시간에 생명을 앗아가는 사자들이 나타났다.

스산한 바람이 불었다.

태정관 주위에서 경비병의 움직임을 살피는 자들이 있었다.

그들은 자신들의 존재를 숨기는 자였다.

"경계가 엉망이군."

"싸워봐야 소용이 없다고 생각해서입니다."

"거기에 우리가 올 것이라는 것을 생각 못 했겠지. 서쪽 일본군이 계속해서 항복하고 있으니 말이야. 시선이 돌아간 지금이야말로 기회야."

"예. 대장님."

모든 이들이 동진해오는 조선군에 대해서 신경을 썼다.

그로 인해 동경의 경계 수준이 떨어졌다.

그 틈을 종현의 특임대가 파고들었다.

아껴뒀던 셔틀선의 연료를 써서 동경에 강림해 죄인들을 처단하려고 했다.

태정관 정문을 피해 창살이 있는 담장으로 향했다.

담장 주위에 초소가 있었고 앞으로 동초가 다니면서 경계를 벌이고 있었다.

동초가 지나간 뒤 유령 같은 존재가 앞으로 다가왔다.

"담을 넘는다."

"예."

파워드 부츠를 작동시켜서 몇 미터 높이의 담을 그대로 뛰어 넘었다. 풀썩 하는 소리가 일어났고 돌아다니던 동초가 놀라서 뒤돌아 봤다.

그러나 불빛이 비추는 담 앞에는 아무것도 없었다.

고개를 갸웃거린 후 정해진 순찰로를 따라 계속 경계했다. 침투한 특임대원들은 발소리를 죽이며 야마가타가 있는 곳으로 향했다.

건물로 들어와서 복도를 조심히 걸었고 문 앞을 지키는 초병들에게 레일 소총을 조준하고 방아쇠를 당겼다.

그리고 그들의 목숨을 앗아간 뒤 문을 열고 들어가 다시 복도를 걸었다.

굳이 건물의 불을 꺼서 경계하고 있는 일본군에게 비상 상황을 만들지 않았다. 그저 평소 상황인 것처럼 꾸미며 침투로 앞의 초병들만 은밀히 저격했다.

그리고 마침내 야마가타의 집무실에 이르렀다.

문을 열고 들어가 집무실 책상 뒤 의자에 기대어 잠을 자는 늙은이를 보고 문 근처의 의자에 앉아서 졸고 있는 장교를 봤다.

스텔스 망토 안에 숨겨진 권총을 꺼내 장교의 머리로 몇 발의 총격을 가했다.

콩이 터지는 소리와 같은 옅은 총성이 일어났다.

장교를 죽인 종현이 책상 뒤에서 잠을 자고 있는 야마가타에게 총구를 조준했다. 그리고 총성을 듣고 깨어난 야마가타와 시선이 마주쳤다.

야마가타의 눈앞에 유령 같은 존재들이 있었다.

"너… 너희들은……?"

두려움에 크게 소리치지 못했다.

그런 야마가타에게 종현이 머리에 쓰고 있던 스텔스 망토의 모자를 뒤로 젖히면서 모습을 드러냈다.

그러자 야마가타의 심장이 철렁 내려앉으면서 경악이 일어났다.

유령의 실체가 존재하고 있었다.

권총을 조준하면서 종현이 야마가타에게 말했다.

"먼저 가서 기다려라. 다른 놈들도 보내줄 테니. 죽어서라도 늦게 반성해 봐."

푹!

방아쇠를 당겼고 야마가타의 의식이 사라졌다.

확인 사살을 위해 그의 가슴에 두발의 총탄을 더 먹이고 권총에 안전장치를 걸고 총집에 넣었다.

그리고 엘리트폰으로 죽은 야마가타의 사진을 찍었다.

그의 집무실을 전경으로 한번 더 사진을 찍은 뒤 다시 스텔스 망토를 쓰고 탈출할 준비를 했다.

종현이 대원들에게 말했다.

"가자."

"예. 대장님."

지났던 길을 통해서 당당히 지나갔다.

그리고 아침이 되어서야 누군가가 태정관에 침입했다는 것을 세상이 알게 됐다.

동경이 발칵 뒤집어졌다.

"외무대신!"

"……."

"외무대신! 일어나셔야 됩니다!"

"음……?"

숙직실에서 잠을 이루던 사이온지에게 외무성 총무가 와서 몸을 흔들며 깨웠다.

잠에서 깬 사이온지가 눈을 껌뻑이며 정신을 챙겼다.

커튼 밖 창문으로 햇빛이 스며들고 있었다.

다시 총무가 다급한 목소리로 말했다.

"큰일 났습니다! 외무대신!"

사이온지가 물었다.

"큰일이라니⋯⋯?"

"간밤에 총리대신이 적에게 암살당했습니다!"

"뭐⋯⋯?!"

"육군대신과 해군대신도 암살당하는 바람에 토쿄가 대혼돈입니다! 지금 신민들까지 난리가 났습니다! 거리에 대신들의 시신이 찍힌 사진이 뿌려졌습니다! 어⋯ 어떻게 합니까⋯! 외무대신!"

"⋯⋯?!"

사고의 끈을 놓을 정도로 크게 충격 받았다.

참이냐 거짓이냐를 따지기 이전에 현실감이 너무나 떨어지는 이야기를 듣고 어안이 벙벙했다.

그리고 수 초가 지나서야 이성을 찾을 수 있었다.

이토와 이노우에가 암살당했던 일이 생각났다.

그리고 현양사와 흑룡회가 폭발했던 일이 떠올랐다.

자신의 목을 만지면서 생시를 실감했다.

"마⋯ 맙소사⋯! 허억! 허억!"

살아 있는 사실이 감사했다.

다시 눈을 뜰 수 있었다는 게 그토록 소중한 일인지를 몰랐다. 황급히 일어나서 커튼을 밀고 밖을 살폈다.

그리고 거리를 메운 사람들이 아우성치는 것을 보게 됐다. 더 이상 수습할 수 없었고 틀어막을 수 없었다.

"어떻게 이런 일이……!

발악조차 할 수 없었다.

그리고 그런 동경의 상황이 삼국 공사관을 통해서 조선에 전해졌다.

장성호가 이희에게 보고했다.

"결사항전을 다짐했던 자들이 죽었습니다. 동경을 지키는 일본군 5군 사령관도 죽어서 더 이상 발버둥질 할 수 없을 겁니다. 일본 외무대신이 위치상 수장을 맡게 됩니다."

"그자에게 항복을 권고해야겠군."

"예. 전하."

"항전을 벌이면 일왕과 맺은 조약을 파기 하겠다 전하고 이미 죽은 야마가타와 똑같은 꼴을 입게 될 것이라고 전하라. 놈들에 대한 경고로 과인의 군사와 백성들을 지킬 것이다."

"어명을 받들겠습니다. 전하."

이희의 명을 받고 장성호가 협길당에서 일어났다.

그리고 직접 군부로 향해 대신인 현홍택을 만났고 이희의 어명을 그에게 전했다.

군부의 조치는 바다 건너 일본에 전해졌다.

백기와 태극기를 단 파발마가 조선군이 진격한 명고옥에서 출발해 동쪽으로 달렸다.

그리고 일본군 진영에 이르러 해당 지휘관에게 조선 정

부의 입장을 전했다.

일본군 병사들이 경계를 벌이는 가운데 말 위에 탄 조선군 전령을 일본군 장교가 굴욕적인 시선으로 올려다봤다. 그리고 받은 문서를 접수하고 전령에게 말했다.

"차후에 답변을 전하겠다."

통역병의 대답을 듣고 전령이 고개를 끄덕이고 기수를 돌렸다. 그 후 사흘이 지났다. 사이온지에게 조선 조정의 항복권고와 경고가 전해졌다.

혼란은 어느 정도 수습됐지만 극도의 두려움과 긴장이 동경 하늘을 가득 채우고 있었다.

야마가타가 암살당했던 태정관 집무실 방문이 잠겼다.

회의실에 남은 일본 정부 대신들이 모인 가운데 이희가 보낸 항복 권고장을 앞에 두고 크게 한숨을 쉬었다.

내무대신인 사이고가 담배를 물었다.

연기를 내뿜으면서 넋두리 하듯이 말했다.

자신들의 운명을 미리 예언했다.

"항복하면 여기 있는 사람들은 전부 죽겠군… 싸우고 싶어도 더 이상 싸울 수도 없고… 전선의 군대는 투항하고 있고, 신민들은 이미 폐하께서 사로잡히고 항복하신 것을 알게 됐으니… 지금 상황에서 항전을 벌여야 한다고 말한다면 우린 총리대신의 뒤를 따르거나 항복을 원하는 신민들에게 죽임을 당하거나 둘 중 하나요. 선택의 여지가 없소."

사이고에 이어 재무대신인 마쓰타카가 말했다.

그의 입가에 헛웃음이 배어 있었다.

"그래도 혼슈는 지킬 수 있지 않소. 시코쿠에 홋카이도의 영유도 이룰 수 있소. 조선이 10년 동안 군정을 치르겠지만……."

궁내대신인 타나카가 분기를 참으며 말했다.

"10년 후에는 일본을 집어 삼킬 거요. 놈들이 폐하의 황실을 폐한다고 하지 않소. 그것이 무엇을 뜻하겠소? 나는 조선이 조약을 지킬 것이라 보지 않소. 끝내 우리를 식민지배 할 거요."

다시 사이고가 말했다.

"그렇게 못하도록 만들어야지."

"어떻게 말이오?"

"일본을 위한 우리의 결의를 신민들이 알아준다면 10년이 지나서도 일본의 영광을 위해서 힘쓸 것이오. 그리고 우리는 죽어서도 대일본제국과 함께 살아 있을 거요. 우리가 걸을 수 있는 최선의 길은 그것 밖에 없소."

마쓰타카가 동의했다.

"나도 내무대신의 뜻에 동의하오. 죽어서 미래의 대일본제국과 함께 하겠소. 외무대신은 속히 조선군에게 항복하겠다는 뜻을 전해주시오."

죽음을 피할 길이 없었다.

그러했기에 일본의 독립과 미래라도 지키고자 했다.

10년 후에 다시 일본이 강해져서 조선을 물리치고 명예

106

를 되찾는 것을 꿈꿨다.

서로의 손을 잡으며 함께 눈물을 흘렸다.

"크흐흑."

"흐흑."

사이온지가 마지막 결정을 내렸다.

"항복의 뜻을 전하겠소."

태정관에서 조선군을 향해 파발마가 출발했다.

백기와 일장기를 단 파발마는 후지산 아래까지 진격한 조선군 진영에 이르러 동경 일본군의 항복 소식을 전했다.

그날 밤, 야마가타와 마지막까지 정부를 이뤘던 대신들이 할복했다.

사이온지가 남아 뒷일을 수습하기 시작했다.

그 후 약 사흘이 지나서였다.

토쿄 해안에 태극기를 단 조선군 함대가 모습을 드러냈다. 조선 해군 기동함대 1전단이 토쿄만으로 들어왔다.

"저기가 동경이로군."

"일본의 수도입니다."

"적의 심장부로 드디어 우리가 진격하게 됐어. 전단장은 적지에 상륙하는 해병대원들을 지원하라."

"예. 제독."

이원회가 1전단장인 이동휘에게 명령을 내렸다.

그리고 단군함의 함장인 신순성과 순양함 전대의 전대장

인 김창수에게도 명령이 떨어졌다.

화물선에 해병대원들이 타고 있었고 해병대 1연대가 해군의 호위를 받으면서 토쿄 해안에 상륙했다.

물자를 내리고 해안을 점령하면서 일본의 심장부에 태극기를 꽂았다.

1연대가 해안을 점령하고 있을 때 사이온지가 경비병을 대동하고 조선군 상륙지를 찾았다.

해변에 나부끼는 태극기를 보면서 많은 생각에 잠겼다.

"……"

그를 보좌하는 관리가 사이온지에게 자신의 심정을 알렸다.

"외무대신… 너무나 슬픕니다… 신성한 대일본제국에 미개한 조선의 국기가 나부끼다니 어떻게 이런 일이… 흑흑……"

"이만하길 천만다행으로 여기게. 적어도 조약대로는 10년 군정 후에 독립이 보장되어 있다고 되어 있으니까. 우리가 조선을 상대로 이겼다면 곧바로 식민 지배를 벌였을 거야……"

"예. 외무대신."

"가세……"

흐르는 눈물을 닦아내고 한걸음씩 앞으로 내딛었다.

사이온지가 조선군에게 가서 초병들로부터 몸수색을 당했다. 그리고 자신이 누구인지 알리고 안내를 받아 최고지휘관을 만났다.

해변에 지휘막사가 빠르게 지어졌다.

그곳에 해병 1연대장과 사단장인 박정엽이 있었다.

책상 앞에 앉아 있던 박정엽에게 사이온지가 허리를 굽혔다.

그의 인사를 받아주면서 의자로 박정엽이 손짓을 했다.

사이온지가 앉자 미리 조치를 내렸는지 물었다.

"일본군에 발포 금지 명령을 내렸소?"

"내렸소."

"그러면 지금부터 우리 군이 점령군으로서 일본을 통제하겠소. 통제에 따르지 않는 군민이 있다면 우리 군정과 일본 정부에 반역으로 간주하고 무력 진압할 것이오. 이에 동의하오?"

"동의하오."

"그렇게 알고, 이제 전군에 무장해제 명령을 내리시오. 무기를 모아 우리 군에게 넘기시오. 그것을 시작으로 작금의 혼란을 수습하겠소."

"알겠소……."

교전중지 조치에 이어 무장해제 조치를 요구했다.

사이온지는 어떤 반항도 하지 못하고 조선군의 요구에 순순히 응했다. 그리고 토쿄에 해병대가 상륙한 사실이 한양에 전해졌다.

협길당에서 이희가 첩지를 읽으며 내용을 되새기고 있었

다. 그의 앞에 장성호가 있었다.

"죄인들이 배를 갈랐군."

"패전의 책임을 지고 자신들의 명예를 지키겠다는 것을 나타낸 것입니다. 하지만 죽음으로 그들의 죄가 지워지지 않을 겁니다. 그들이 지키고자 하는 명예는 처음부터 더럽혀져 있었습니다. 그들 때문에 일본은 큰 대가를 치러야 합니다."

"무장해제에 이어 전군 해산이면 포로는 어찌 되는가?"

"장교는 전쟁 범죄 수사를 위해 계속 수용되고 병사는 석방됩니다. 포로를 먹여 살리는 것도 국력이 쓰이는 일입니다. 추가로 동경에 총독부를 설치하고 후방을 지켰던 2군단이 일본에 주둔할 겁니다. 그리고 일본의 행정권을 총독부에서 인계받고 군정을 벌일 겁니다. 그와 함께 전쟁범죄에 관한 재판소를 개소합니다. 정조론에 관여된 모든 사람들을 처벌할 겁니다. 그렇게 해서 전후수습을 마무리 지을 겁니다. 나머지는 지속적인 정책인데 10년 동안 일본 국민들을 교육 시킬 겁니다."

"친조선으로 말인가?"

"친조선이든 반조선이든 그것은 일본 백성들의 선택입니다. 다만, 정조론이 어떻게 탄생되었고 그 논리를 세운 자들 때문에 일본 백성들이 얼마나 농락당했는지, 얼마나 큰 피해를 입었는지 알릴 겁니다. 그리고 10년 동안 함께 협력하면 얼마나 나은 세상을 만들 수 있는지 보여줄 겁니다. 그것으로 일본의 제국주의자들을 심판할 겁니다. 전하께서 어명을 내려 주신다면 신과 천군이 책임지고 일본을 바꾸겠습니다."

장성호의 이야기에 이희가 고개를 끄덕였다.

"천군의 지혜로 이루라."

"성은이 망극하옵니다. 전하."

미래 후손을 믿으며 그의 의견을 존중했다.

보다 세부적인 계획을 듣고 이희가 만족했다.

이희의 명을 받고 장성호가 협길당에서 물러났다.

그리고 총리부와 군부를 통해 보다 세부적인 조치들을 일본을 점령한 각 군단과 부대에 전했다.

1군단이 동부 일본을 점령하고 북해도 방면으로 진주를 벌여 나갔다. 그리고 2군단 중 일부 부대가 본주로 진주했고 교전을 중단한 일본군의 무기를 수거해 싸울 수 있는 능력을 박탈했다.

그후에 한양에서 내려진 조치들을 취하기 시작했다.

주둔지로 돌아간 일본군 장병들이 사열대 앞에 모여서 명령을 듣고 귀를 의심했다.

부대마다 중대급 이상의 조선군이 감시하고 있었고 단상 위에 오른 지휘관이 침통한 표정을 지으며 명령을 내렸다.

지휘관의 목소리가 떨리고 있었다.

"전원 집으로 돌아가라! 현 시각부로 해산한다!"

"……?!"

명령을 듣고 아무도 기뻐하지 않았다.

집으로 돌아가는 일은 다행인 일이었지만, 군대의 해산이 무엇을 뜻하는지 모두가 알고 있었다.

몇몇 장교가 눈물을 흘리면서 울분을 터트렸다.

"이렇게 대일본제국이 무너지다니……!"

"일본을 위해서 우리가 할 수 있는게 아무것도 없어……."

"흐흐흑!"

침통함 속에서 막사로 들어가 개인물품을 챙기고 부대 밖으로 빠져 나갔다.

일본의 모든 부대가 폐쇄되고 사람들의 접근이 막혔다.

조선에 있던 수용소에서 사병 계급을 지닌 일본군이 송환됐다.

송환되는 일본군 병사들은 집에 돌아갈 수 있다는 기쁨과 패전의 슬픔으로 복잡 미묘한 감정을 느꼈다.

그래도 살아남은 사실이 너무나 소중했다.

그 기쁨을 안고 고향에 이르렀다.

동양의 패권 다툼이 이뤄지는 전쟁에서 총성이 멈춘 지 두달이 지났을 무렵이었다.

엇나갔던 세상이 퍼즐처럼 다시 빠르게 조합됐다.

조선이 새로운 열강으로 떠오르고 있었다.

그리고 전통의 강국이 조선을 경계했다.

세상은 약육강식의 논리로 세뇌되어 있었다.

새로운 세상이 펼쳐지다

  노동자들에게 그리 큰일은 아니었지만 정치인들에게는 상당히 다급한 일이었다.

  동양에서 조선이 일본을 상대로 전승을 거뒀다.

  일본의 군주인 무쓰히토가 이희에게 허리를 굽히며 인사하고 평화협정문에 서명하는 모습이 신문의 사진 속에 담겼다.

  그리고 그 사진이 이역만리 너머의 런던으로 전해졌다.

  버킹엄궁전 국왕 집무실에서 영국 국왕인 에드워드 7세와 개스코인세실 영국 총리가 만났다.

  조선에서 발행된 영자 한성일보와 광문일보가 에드워드

7세의 책상 위에 놓였다.

　두 신문을 에드워드 7세가 번갈아 펼쳐서 확인하며 조선과 일본의 전황을 직접 확인했다.

　에드워드 7세가 개스코인세실에게 말했다.

"조선이 승리했군."

"예. 폐하."

"우리 함대는 조선을 도왔소?"

"지원하기 전에 전쟁이 끝나서 어떻게 할 수 없었습니다. 때문에 싱가포르와 홍콩에 함대가 정박하고 있습니다. 일본에 선전포고 했던 미국의 함대도 조선을 돕지 못했습니다."

"조선이 강하군."

"예. 폐하."

"놈들이 어떻게 이런 군사력을 보유하게 됐는지 알아야겠소. 혹시 들어온 첩보나 소식 같은 것은 없소?"

　조선이 일본을 완벽하게 이긴 상황이 기이했다.

　어느 누구도 예상하지 못한 승리에 에드워드 7세는 그동안 밝혀지지 않았던 비밀이 있는지 개스코인세실에게 물었다.

　그리고 대답을 들었다.

"몇 가지 들어온 첩보가 있습니다."

"어떤 첩보요?"

"우선 일본군을 상대한 조선군의 무기입니다. 조선군의

무기는 독일제 마우저 소총을 스페인제로 생산한 7밀리미터 구경의 소총입니다. 이를 생산할 수 있는 나라는 조선 외에 필리핀을 식민지로 삼았던 스페인이 유일합니다. 조선에서 생산 기계를 밀수한 것으로 추정하고 있습니다. 추가로 맥심기관총을 만들 수 있는 생산 기계도 조선에서 밀수한 것으로 알고 있습니다. 그렇지 않고서는 조선이 그런 무장을 벌일 수 없습니다."

"한마디로 반칙을 벌인 셈이군."

"예. 폐하. 미국 조선회사에서 도입한 군함은 어떨지 모르겠지만, 적어도 육군의 무기는 조선의 독자적인 무기는 아닙니다. 그들이 자력으로 무기를 만드는 수준은 아닙니다."

개스코인세실의 대답을 듣고 에드워드 7세가 고개를 끄덕였다.

그리고 다시 신문을 읽었다.

그 안에 조선과 일본이 맺은 조약의 내용이 담겨 있었다.

"큐슈를 조선이 할양하는군."

"예."

"타이완과 오키나와는 따로 독립하고 말이오. 당연히 그 독립국은 조선의 방패가 되겠지."

"그럴 것이라 예상됩니다."

"장차관들은 뭐라고 하오? 이제 조선은 어떤 나라가 되며 짐의 대영제국에게 해가 되겠소, 아니면 이익이 되겠소? 들은 것이 있다면 말해 보시오.”

일본을 이긴 조선이 성장하리라고 봤다.

에드워드 7세의 물음에 개스코인세실이 미리 들었던 각부 장차관들의 종합적인 의견을 전했다.

그들의 의견은 크게 차이가 없었다.

“동아시아 최대 패권국이 될 겁니다. 유럽의 지식과 문물을 받아들였음에도 불구하고 청나라는 여전히 미개하고 일본이 그나마 나은 모습을 보였지만 그 일본을 전쟁으로 찍어 누른 것이 조선입니다. 비록 스스로 무기를 개발할 수 없음에도 불구하고 말입니다. 만약 그런 산업적으로 어느 정도 발전된 나라라면 충분히 우리에게 위협적일 수 있습니다. 미국이 조선의 산업화를 돕고 있습니다. 그리고 조만간 자립의 위치에 설 겁니다. 그 전에 조선에 대한 조치를 단행하셔야 됩니다.”

“견제를 해야 되는군.”

“아시아 식민지를 노리는 미국과 조선을 한번에 막으셔야 됩니다. 저와 장관들이 함께 내린 결론입니다.”

“흠…….”

개스코인세실과 장관들의 의견을 듣고 에드워드 7세가 고개를 끄덕였다.

그리고 신문에 쓰여 있는 조약의 내용을 읽다가 검지로 찍으면서 말했다.

조선이 얻는 것을 거두려고 했다.

"구주를 요구하는 것이 어떻겠소? 우리도 일본에 선전 포고했고 조선을 돕기 위해 해군 함대를 파견했으니 말이오. 비록 함께 해전을 벌이진 않았지만 마땅히 큰 소리를 칠 수 있는 입장이라고 보오. 구주를 우리 식민지로 삼는다면 짐의 해군 함대를 북상시켜서 러시아군의 남진을 막을 수 있을 것이오. 그리고 공장들을 지어서 아시아를 상대로 무역을 벌일 수도 있겠지. 거기에 미국의 서진도 막을 수 있을 것이오. 조선에게는 10년 군정 후에 혼슈나 먹으라고 하시오. 이에 대해선 어떻게 생각하오?"

국왕의 말을 듣고 개스코인세실이 이어 말했다.

"조선에서 이뤄지는 무기 생산도 막으셔야 합니다. 그들이 부르는 한 일식 소총, 한 이식 기관총, 천둥 일식까지… 독일과 프랑스와 힘을 합쳐서 더 이상 무기를 생산 할 수 없도록 만드셔야 합니다. 그들의 군사력을 억제해야 됩니다."

에드워드 7세가 그의 말을 듣고 지시했다.

"총리가 장관들과 논의해서 조선을 견제하시오. 미리 조선이 건방지게 구는 것을 막아야 하오."

"예. 폐하."

동양에서 새로운 패권 국가가 등장했다.

그리고 그 나라는 영국의 통제를 벗어날 수 있는 나라였다.

미리 견제를 벌여서 대영제국의 위상을 유지하려고 했

다.

영국을 중심으로 독일과 프랑스를 비롯한 나라들도 재편되는 동양에 대응해 외교 전략을 세우기 시작했다.

그리고 조선은 일본에 군정을 위한 총독부를 세우고 행정권을 거둬들여 순사를 지휘하기 시작했다.

태극기를 단 화물선 한척이 토쿄만 해안에 선수를 붙이고 정박했다.

그곳에서 한 일식 소총으로 무장한 근위대가 하선했다.

그의 호위를 받으면서 양복을 입은 대신이 몇몇 관리들과 함께 해변에 상륙했다.

미리 동경에 주둔하고 있던 조선군 지휘관이 마중 나왔다.

그가 양복을 입은 대신에게 경례했다.

"충성."

"충성. 수고하십니다."

"아닙니다. 먼 길을 오신 특무대신만 하겠습니까. 정말 고생하셨습니다. 정식으로 인사드립니다. 만나 뵙게 되어 영광입니다."

"저야말로 영광입니다. 반갑습니다."

경례를 주고받고 두 사람이 인사를 나눴다.

장성호 앞에 역사에 기록되는 위인이 있었고 그의 이름은 '윤영렬'이었다.

40세가 넘는 나이에 키가 크고 듬직한 외모를 가진 사람이었다.

비전시였기에 어깨에 견장을 착용하고 있었고 2개의 별이 빛나고 있었다.

다른 나라였다면 '중장'계급으로 불리는 계급이었다.

'부장'계급을 가진 윤영렬이 장성호와 관리들을 태정관으로 이끌었다.

일본 정치의 중심이었던 태정관은 조선이 일본에 대한 군정을 벌이는 관청으로 변해 조선 육군 2군단의 사령부 역할을 맡고 있었다.

야마가타가 암살당했던 집무실은 여전히 폐쇄된 채 쓰이지 않았다.

조선을 음해하는 모략을 벌였던 회의실이 일본 통치를 위한 회의실로 쓰이고 있었다.

자리를 서로 양보하다가 장성호의 권유를 받고 윤영렬이 상석에 앉았다.

그리고 장성호가 가까운 옆 자리에 앉았다.

관리들이 자리에 앉자 윤영렬이 안도하면서 한숨을 쉬었다.

그리고 장성호에게 말했다.

"당분간이지만 정말 제가 임시 총독을 맡아야 된다는 전하의 어명에 놀랐습니다. 군정이긴 하지만 무식한 제가 정치를 벌여야 한다는 사실이 심히 부담스러웠습니다. 하지만 특무대신께서 오셨으니 정식 총독으로 부임하시겠죠.

저는 그저 조선을 위한 검이 되겠습니다."

그 말을 듣고 장성호가 피식 웃었다.

"저는 총독으로 부임하지 않습니다."

"예? 그럼 어느 분이 총독으로……."

"2군단장에게 총독으로 부임하라는 어명을 전하께서 내리셨지요. 그대로입니다."

"그… 그런?! 저는 한문은 물론이거니와 언문도 잘 읽지 못합니다! 그런 제가 어찌 정치를……!"

"제가 도와드리겠습니다."

"……?!"

"제가 도와드릴 테니 걱정하지 마십시오. 그리고 훈민정음도 2군단장에게 잘 가르쳐 드리겠습니다. 글을 배우고 군정을 벌이시면 능히 조선과 일본을 위한 정치를 벌일 수 있을 겁니다. 저는 2군단장을 기대합니다."

총독으로 부임하지 않는다는 장성호의 대답을 듣고 윤영렬이 당황하며 벌떡 일어섰다.

그러나 그의 도움을 받을 수 있다는 말에 다시 자리에 앉았다.

얼굴에 근심이 가득했지만 총독을 맡지 않겠다는 말을 하지 않았다.

어명이었기에 그럴 수도 없었다.

장성호가 웃으며 회의 탁자 위에 놓인 찻잔을 들었다.

녹차를 마시면서 윤영렬에 대한 역사적 평가를 기억했

다.

'일자무식이지만 사리분별력은 뛰어나다. 글만 알면 충분히 좋은 정치인이 될 수 있어.'

정직하고 성실하며 용감한 사람이었다.

그리고 현명한 사람이었다.

그런 평가를 기억하면서 윤영렬에게 물었다.

그를 시험하고자 했다.

"한가지 묻고 싶은 게 있습니다."

"말씀하십시오. 특무대신."

"대일본 군정을 벌이는 총독으로서 시급한 일이 무엇이라고 생각하십니까? 2군단장의 생각대로 말씀해주십시오."

"……."

장성호의 물음에 윤영렬이 잠시 고민했다.

그리고 생각을 정리하고 이내 대답했다.

"군정이 일본 정부를 대신해 벌이는 정치라면, 우리 백성도 중요하지만 일본 백성의 민심을 살펴야 합니다."

"어떻게 살필 겁니까?"

"아군에 의해 사상당한 일본군 유족을 위로하고 보상할 겁니다. 우리가 머리를 숙이지 않고 전시에 일본군을 도운 일본 회사들을 통해서 이룰 겁니다. 그렇게 해서 아군에 대한 일본 백성의 반감을 줄일 겁니다. 일본군의 군량으로 배급을 벌인다면 더 많은 빈민을 구할 수 있습니다. 일본군이 해산되었기에 쓰일 수 없는 군량입니다."

대답을 듣고 장성호가 고개를 끄덕였다.

그리고 그에게 용기를 줬다.

"그대로 하시면 됩니다. 그리고 앞으로 총독부에서 할 일 중에 일본 백성을 교육하는 일이 있습니다."

"정조론의 진실을 밝히는 것입니까?"

"그렇습니다. 그리고 전쟁범죄 재판소를 설치해서 살아 있는 자와 죽은 자를 가리지 않고 심판할 겁니다. 예로 이등박문은 죽어서도 명예를 잃고 영혼마저도 죽을 겁니다. 그것을 위한 준비도 벌여야 합니다."

"재판소장은 어느 분이 맡습니까?"

"이 자리에는 없지만 열흘 뒤에 올 검찰총장이 맡을 겁니다. 아마 죄인들의 죄를 명백히 밝히고 판결하는 데에 있어서 제일 적절할 것입니다. 검찰총장이 오는 대로 바로 수사와 취조를 시작할 겁니다. 무력이 필요할 수도 있기에 군정에서 미리 도움이 필요하다는 사실을 말씀 드립니다."

"최대한 돕겠습니다."

"감사합니다. 그리고 총독을 맡으셔도 무리가 없을 것 같습니다. 전하의 생각대로 정무를 잘 보실 것 같습니다. 하하하."

장성호가 이희의 판단을 빌려 윤영렬을 격려하자 윤영렬은 성은이 망극한 일이라 말하면서 자신의 몸을 한껏 낮추었다.

그리고 다시 장성호에게 도와달라고 말했다.

"저를 많이 도와주십시오. 특무대신."

장성호가 고개를 끄덕이며 그럴 것이라고 대답했다.

그와 윤영렬이 말한 대로 사상 당한 일본군 유족들을 위로하고 일본 회사들의 힘으로 보상하기 시작했다.

한쪽 다리를 잃은 병사에게 부목을 제작해 그들을 도울 수 있게 만들었다.

두 다리를 잃은 병사에게는 바퀴의자를 만들어서 그들이 움직이는 데에 큰 불편을 겪지 않도록 만들었다.

그리고 일시불로 보상금을 지불했다.

것으로 일본 국민들의 마음이 녹여지기를 바랐다.

그들의 마음이 바뀌는 결과를 하늘의 뜻에 맡기고 본격적으로 죄인들에 대한 심판을 벌이기 시작했다.

이준이 동경에 도착했다.

"먼 길을 오느라 수고 많았습니다. 미리 준비한 것들이 있으니 검토하고 수사에 속도를 붙여주기 바랍니다. 검찰총장을 믿겠습니다."

"최선을 다하겠습니다."

을미년에 죄인들을 무덤 속으로 밀어 넣었던 명검사가 다시 활약하기를 소망했다.

이준이 전쟁 범죄 재판소장을 맡았고 2군단 헌병대와 일본 경시청을 통해 죄인들을 추적하기 시작했다.

그들이 세운 논리의 증거와 증인을 확보하기 시작했다.

그러한 수사의 보고가 한양으로 전해졌다.

협길당에서 이희가 이준이 보낸 수사과정을 확인했다.

보고문에 쓰여 있는 이름을 보고 이희가 김인석에게 물었다.

그가 장성호를 대신하고 있었다.

"길전송음? 이 자가 누구인가?"

김인석이 사전에 알아본 자료를 토대로 알려줬다.

"일본식으로 읽었을 때 '요시다 쇼인'이라는 자입니다. 명치유신을 이룬 장주번에 이등박문과 산현유붕이 속했는데, 길전송음은 그들의 스승이자 정신적 지주이기도 했습니다. 정조론의 출발이 그보다 위에 있을 수 있지만 핵심적인 인물은 명백합니다. 그의 죄를 세상에 밝혀야 합니다."

"죽어서도 편히 눕지 못하겠군."

"막대한 희생을 치렀으니 당연히 그래야 한다고 생각됩니다. 티끌 같은 잘못도 밝혀서 일본 백성들의 민심을 우리에게 돌릴 겁니다. 그렇게 해서 일본과의 우의를 도모할 것입니다."

김인석의 설명을 듣고 이희가 고개를 끄덕였다.

만족스러운 표정으로 보고문을 덮었고 다른 보고문을 펼쳐서 안의 내용을 천천히 읽기 시작했다.

그 안에 훈장 수여에 관한 명단이 쓰여 있었다.

"태극무공훈장… 그리고 태극명예훈장이로군. 이 훈장을 과인이 수여하게 되는군."

이희의 말에 김인석이 말했다.

"전하께서 직접 수여하시고 달아주신다면 큰 영예가 될 것입니다. 그러나 훈장을 받는 자에게 보다 큰 영예를 전하께서 주실 수 있습니다."

"어떻게 말인가?"

"그것은……."

김인석이 무엇과 바꿀 수 없는 영광스러운 일을 이희에게 알려줬다.

그 이야기를 들은 이희는 고개를 끄덕이면서 그것이 수여자에게 큰 기쁨과 영광이 될 수도 있다는 생각을 했다.

그리고 김인석에게 말했다.

"훈장 수여자들에게 입궐하라 전하라."

"어명을 받들겠습니다. 전하."

훈장 중에서도 최고 훈장이었다.

때문에 다른 훈장과 달리 이희가 직접 가슴에 달아주고 목에 메달을 걸어주는 훈장이었다.

왕의 명으로 훈장 수여자들이 한양으로 호출됐다.

훈장 수여식이 있기 전이었다.

산으로 둘러싸인, 세상과 멀리 떨어진 고을이었다.

* * *

익숙한 걸음소리와 인기척에 과일이 담긴 꾸러미를 든
여인이 돌아섰다.

주름 가득한 얼굴을 지닌 여인 앞에 군복을 입은 청년이
서 있었다.

청년은 눈물을 흘리면서 여인에게 목례로 인사했다.

그리고 여인을 불렀다.

"어머니……."

"서… 설마… 춘삼이냐……?"

"예. 어머니, 소자입니다. 절 받으세요. 어머니."

"아아…! 춘삼아……!"

춘삼의 어머니가 꾸러미를 바닥에 놓고 달려왔다.

그녀 앞에서 춘삼이 목에 건 팔걸이에서 붕대가 감긴 팔
을 꺼내 힘들게 절했다.

그런 춘삼을 그의 어머니가 안았다.

"춘삼아!"

"어머니!"

"이게 어떻게 된 것이냐? 팔은 또 왜 이런 게야?"

"소자, 전시 의가 전역했어요."

"뭐?!"

"전선에서 싸우다가 부상을 입어서… 하지만 이렇게 어
머니께 돌아오게 되어서 다행이에요. 앞으로 소자가 못해
드린 효도까지 해드릴게요. 걱정 끼쳐드려서 죄송해요.

어머니."

"이것아… 흐흐흑… 흐흑!"

"어머니…….."

어깨까지 감겨 있는 붕대를 확인했다.

부상당한 자식을 보고 춘삼의 어미가 쉴 새 없이 눈물을 흘렸다.

그럼에도 전쟁터에서 무사히 돌아왔다는 사실에 감사히 여겼다.

"고맙다… 살아서 돌아와 줘서… 정말 고맙구나… 춘삼아."

"아니에요. 어머니."

"아니다. 정말 고맙다… 이제 어미랑 행복하게 살자꾸나."

"예…….."

"흐흐흑!"

감격의 눈물을 흘렸다.

그리고 집에 들어가자마자 자식을 위해 밥을 차렸다.

보리밥에 말린 무 반찬 밖에 없었지만 춘삼은 어머니가 지어준 밥을 맛있게 먹고 한쪽 팔로 그녀의 어깨를 주물러 주면서 다시 효도하기 시작했다.

입대하기 전보다 몸이 야위어진 어미를 보면서 마음이 아팠다.

비록 전쟁터에 있었지만 배식으로 배불리 밥을 먹었던

스스로가 너무나 부끄러웠다.

어미의 어깨를 주물러 주면서 춘삼이 어미에게 약속했다.

"어머니."

"……?"

"꼭, 호강시켜 드릴게요."

자식의 말을 듣고 어미가 잔잔한 미소를 지었다.

그리고 춘삼에게 말했다.

"어미는 알아서 호강할 테니까. 넌 혼례를 치르고 좋은 배필을 만나 자식을 보거라. 그게 어미의 호강이다."

"예. 어머니."

"고맙구나."

자식의 약속이 그렇게나 큰 힘이 될 줄 몰랐다.

비록 그대로 이뤄지지 않는다고 해도 그 마음을 믿고 앞으로 춘삼에게 좋은 일이 있길 원했다.

그러한 마음을 담아 그의 어미가 밤새 기도를 했다.

그리고 이른 새벽부터 일터로 나가 생계를 꾸리기 시작했다.

그녀가 일하는 곳은 노비제가 폐지되기 전부터 종살이를 했던 부호의 집이었다.

꾸러미에 담았던 과일도 부호의 것으로 그녀와 춘삼이 절대 먹어선 안 되는 과일이었다.

아비는 백정이었고 관아에 고기를 넘기는 일을 하다가

춘삼의 입대 몇 해 전에 병으로 숨졌었다.

당장 일을 하는 어머니를 돕고 싶었지만 회복이 우선이었다.

어깨 부상을 당했지만 사지가 멀쩡했기에 참전 훈장을 받을 수 없었다.

한달 후 치료가 모두 끝나고 폐기능 검사를 한 뒤에도 장애가 있으면 참전 훈장을 받을 수 있었다.

하지만 춘삼 스스로 느끼기에 그런 판정을 받을 것이라 여기지 않았다.

수시로 팔걸이에서 팔을 꺼내 어깨를 움직여 보았고 크게 지장이 없는 것을 느꼈다.

그리고 호흡도 그리 나쁘지 않았다.

그저 빨리 나아 어머니를 도울 일을 생각했다.

쓰러질 것 같은 허름한 초가집 마루에 앉아 하늘을 보며 다시 약속했다.

'꼭 호강 시켜 드릴 게요. 어머니.'

그리고 그때 작은 마당 너머에서 발걸음소리가 들렸다.

그 인기척이 심상치 않게 느껴졌다.

담 너머로 사람들의 머리가 보였다.

이내 그들이 마당으로 들어와 춘삼에게 고개를 숙이며 목례했다.

딱 봐도 높은 직에 위치한 관리 같았다.

춘삼이 황당하면서 일어나 허리를 굽혔다.

그리고 용무를 물었다.

"어… 어인 일이신지요? 혹, 관아에서 오셨습니까?"

관리가 대답했다.

"조정이오."

"예?"

"군부에서 왔소. 의가 전역한 예비역 김춘삼 병장에게 알릴 것이 있어서 왔소. 이리 와서 명을 받드시오."

군부에서 왔다는 관리의 말에 춘삼이 더욱 황당히 여기며 마당으로 나왔다.

그리고 그가 건네주는 첩지를 받았다.

"훈민정음을 읽을 줄 아시오?"

"훈민정음 말입니까?"

"언문 말이오. 훈민정음을 읽을 줄 아시오?"

"아, 압니다. 읽을 수 있습니다."

"그러면 이 첩지를 읽고 날짜와 시간에 맞춰서 입궐하시오. 참고로 입궐할 때의 복장은 군복 정복으로 입고 오시오. 주상 전하를 알현하게 될 것이오."

"……?!"

왕을 만난다는 말에 춘삼이 크게 놀랐다.

떨리는 목소리로 관리에게 물었다.

"미천한 제가 어째서 전하를 알현합니까?"

그리고 대답을 들었다.

"전장에서 공을 세우지 않았소?"

"네?"

"전하께서 친히 훈장 수여를 하시는 것으로 알고 있소. 그러니 군복을 깨끗이 하시오. 아시겠소?"

"······."

"아시겠소?"

"예! 알겠습니다!"

"그럼, 이만 가보겠소."

"······."

군부에서 왔다는 관리가 춘삼에게 첩지를 넘기고 집 밖으로 나갔다.

그의 뒷모습을 춘삼이 한동안 서서 보았다.

이내 마치로 뒤통수를 두들겨 맞은 것 같은 충격에서 벗어나 금띠로 묶인 첩지를 펼쳐 내용을 읽기 시작했다.

그 안에 이희의 명이 담겨 있었고 명을 확인한 춘삼이 몸씨 흥분하며 온몸을 떨기 시작했다.

하늘에 떠 있는 해의 방향을 보고 한양이 있는 곳을 향해 절을 했다.

"성은이 망극하옵니다! 전하!"

집 밖에 길을 지나는 사람들이 담 안의 춘삼을 보고 기이하게 생각했다.

그리고 저녁 늦게 집에 온 어머니에게 춘삼이 훈장 수여를 받을 것임을 알리고 어머니와 함께 부둥켜안고 눈물을 흘렸다.

그 훈장이 어떤 훈장인지도 모른 채 그저 나라를 위해서 공을 세우고 인정받았다는 생각에 크게 기뻐했다.

춘삼의 손을 잡은 어미가 격해진 감정으로 말했다.

"하늘에 있을 네 아버지도 기뻐할 게다…! 준비를 잘 해서 전하를 알현 하거라!"

"예! 어머니!"

가문의 영광이었다.

비록 아비는 백정으로 인생을 개처럼 살았지만 그 자식은 나라를 지킨 호랑이였다.

이희의 부름을 받고 첩지의 증명으로 기차에 몸을 실었다.

그리고 한양에 도착해서 예정된 날짜와 시각에 경복궁에 입궐했다.

대궐에 입궐한 김춘삼의 시선이 이리저리 돌아갔다.

'여기가 대궐이구나!'

북쪽으로는 백악산이 있었고 동쪽으로는 낙산이 있었다.

그리고 서쪽의 인왕산이 하얀 바위들을 보이며 절경을 이루고 있었다.

그 앞에 대궐의 높고 길게 뻗어 있는 담장이 춘삼의 시선을 사로잡았다.

광화문에 들어와 홍례문을 지났고 궁 안을 지나는 작은 하천을 건너 근정문의 문턱을 지나 근정전 일원으로 들어섰다.

정전으로 향하는 길 양편으로 품계석이 서 있었다.

그 뒤로 조복을 입은 대신들 대신 신문사에서 나온 기자들이 자리를 채우며 춘삼을 보고 연신 사진기의 불빛을 터트렸다.

그리고 터지는 불빛에 춘삼이 심히 놀랐다.

얼떨떨한 모습으로 어찌할 줄을 모를 때, 군부에서 나온 관리가 그를 이끌기 시작했다.

그가 있어야 할 곳으로 앞장서서 안내했다.

"이쪽이오."

"예……."

뒤따라 층 계단을 올랐고 신을 벗고 근정전에 입전해 관리가 가리킨 곳에 서서 마음을 가다듬었다.

앞에서 양복을 입은 관리가 오가는 것이 보이지 않을 지경이었다.

현기증이 나서 그 자리에서 쓰러질 것 같았다.

옆에 누가 섰는지 모를 때 춘삼에게 말을 거는 사람이 있었다.

그의 목소리는 남자라 여기기에는 매우 가늘었다.

"네가 김춘삼이야?"

"예……?"

"네 성과 이름이 김춘삼인가 물었어. 맞아?"

"……?"

여인이 춘삼에게 말을 걸었다.

그녀는 육군의 정복을 입고 있었고 어깨에 별 한개를 달고 있었다.

그것을 보고 춘삼의 머리가 멍했다.

그리고 자신에게 말을 건 사람이 누구인지 알게 됐다.

즉시 큰 목소리로 대답했다.

"예! 예! 김춘삼입니다! 병장 김춘삼!"

"목소리 낮춰. 시끄럽잖아."

"예……!"

"정말… 뭐, 됐어. 그나저나 전쟁터에서 공을 세웠다며?"

"공이라면…….'

"네가 세자 저하를 구하지 않았어?"

"그랬던 거 같습니다…….'

"그랬던 거 같다는 뭐야. 구했으면 구한 거고 아니면 아닌 거지. 어쨌든 미리 축하해. 그리고 다음에 보면 아는 척하고. 아까 전부터 서 있었는데 쳐다보지도 안 보더라?"

"예?"

"나 말고 내 옆에 있는 사람에게 말이야. 대신 인사했어."

"……?"

명찰에 '이주현'이라는 이름이 쓰여 있었다.

주현이 옆을 가리키면서 말하자 그녀 옆에 서 있던 한 사

136

람이 고개를 슬쩍 내밀며 자신이 누구인지 모습을 드러냈다.

그를 보고 춘삼이 크게 놀랐다.

'헉?!'

순간적으로 군모 앞으로 손날이 올라갔다.

"필! 윽……!"

"어이쿠."

"이런."

붕대를 감은 탓에 춘삼의 오른쪽 어깨가 부풀어 올라 있었다.

직속상관이었던 박정엽에게 무리하게 경례를 하다가 통증을 느껴서 아파했다.

경례를 받던 박정엽이 당황했고 그와 주현이 춘삼을 살피게 됐다.

근정전 안에서 그에게 경례하지 말라고 미리 일러뒀다.

"우리 말고 경례 받아야 할 사람이 얼마나 많은데. 그러니까 하지 마."

"예…! 장군!"

"목소리 낮추고. 그리고 전역했으니까 특별한 경우 아니면 목례만 해. 알겠지?"

"아… 알겠습니다. 뵈… 뵙게 되어 영광입니다."

"나야말로 영광이야. 세자 저하를 구한 영웅을 보게 됐으니까. 거기 서서 전하가 오시기를 기다려."

"예."

아무래도 훈장 수여자인 것 같았다.

춘삼 곁에 이주현이 있었다.

그 옆에 박정엽이 있었으며 그들보다 상위 계급을 지휘관들이 용상에 가깝게 서 있었다.

춘삼이 슬쩍 고개를 돌렸을 때 얼굴이 보였다.

'참모총장님과 제독님이다!'

성혁과 이응천, 이원회가 보였고 모르는 얼굴의 한 사람이 서 있었다.

그의 가슴엔 '허윤'이라는 이름이 명찰에 새겨져 있었다.

육해군에서 최고의 전공을 남긴 지휘관들이었다.

그들과 춘삼이 어깨를 나란히 하고 있었다.

그 사실을 인식한 춘삼의 가슴이 급격히 뛰기 시작했다.

'이런 분들과 내가 똑같은 훈장을 받는다고…? 세상에!'

생시인지 볼을 꼬집어보고 싶었다.

나라를 구한 영웅으로 천군이라 불리는 사람들과 함께한다는 사실이 믿어지지 않았다.

그리고 현실이라 여기기 힘든 일이 벌어지기 시작했다.

군부의 관리가 춘삼의 사정을 고려해 경례 대신 목례로 인사를 하라는 말을 전했다.

그때 근정전 밖에서 소란이 일어나기 시작했다.

궁내부 관리가 목청을 높이며 이희의 입전을 알렸다.

"주상 전하~! 납시오~!"

관리가 근정전에 있던 사람들에게 말했다.

"민관은 목례와 경례로 전하께 예의를 표하시오."

알림을 받고 이희가 오기를 기다렸다.

그리고 근정전 앞에서 이희가 모습을 드러내자 최선임자인 유성혁이 큰 목소리로 '차렷, 경례'를 외쳤다.

그와 이원회를 비롯한 훈장 수여자들이 경례했다.

춘삼과 군에 속하지 않는 관리들은 목례하며 이희에게 인사를 대신했다.

그리고 그들의 인사를 받으며 이희가 들어와 용상 앞에 섰다.

그를 궁내부대신인 이시영이 보좌하고 있었다.

군부대신인 현홍택과 부총리인 김인석이 함께 있었다.

그들을 떨리는 시선으로 춘삼이 바라보고 있었다.

군부 관리가 첩지를 펼치고 크게 외쳤다.

"훈장 수여자는 전하 앞으로 와서 횡렬로 서시오. 그리고 정전 밖에서 기다리고 있는 신문기자의 입전을 허락하겠소. 허가 받은 기자는 조용히 정전으로 입전하시오."

알림을 받고 기자들이 움직였다.

유성혁과 이원회가 이희 앞으로 움직였고 이희가 보기에 왼쪽 제일 끝에 서면서 춘삼이 오른쪽 끝에 서게 됐다.

왕의 얼굴을 보고 춘삼의 심장이 튀어나갈 것 같았다.

그리고 춘삼을 비롯한 훈장 수여자들의 얼굴을 보면서 이희가 미소 지었다.

궁내부 관리가 장식 화려한 쟁반을 들었고 군부 관리가 첩지를 펼쳐 읽으면서 행사를 진행했다.

근정전 안에서 그의 목소리가 쩌렁쩌렁하게 울려 퍼졌다.

"지금부터 전시에 뚜렷한 공을 세운 전공자에 대한 훈장 수여식을 진행하겠소! 본 훈장 수여식은 주상 전하께서 친히 수여하는 최고 훈장으로서, 수여자가 훈장을 모욕하거나 권위를 떨어트리는 위법 행위를 저지르지 않는 이상, 그 가치가 영원히 이어질 것이며 누군가 그 권위에 도전한다면 조선 왕실과 만민에 도전하는 것으로 간주될 것이오! 이를 만천하에 알리는 바요! 수여자는 호명이 이뤄지면 한 발자국 앞으로 나오시오!"

수여식 시작을 알리고 곧바로 이름을 불렀다.

"유성혁 대장!"

"대장 유성혁!"

"본 수여자는 육군참모총장으로서 나라와 백성을 지키기 위해 지상전을 위한 전략을 구상하고 이를 지휘하면서 앞으로 보기 힘든 전과를 이룩한 바 태극무공훈장을 수여하오!"

호명과 훈장 수여 이유가 알려지자 이희가 쟁반 위의 훈장을 들었다.

그리고 친히 성혁의 정복 왼 가슴에 훈장을 달아줬다.

똑같은 문양을 지닌 메달을 목에 걸어줬다.

"훈장 수여를 축하한다. 앞으로도 조선을 위해서 계속 힘써 달라."

"예! 분골쇄신하며 왕실과 백성들을 지키겠습니다!"

악수하면서 그 모습이 기자들의 사진기에 찍혔다.

그리고 이어 이원회에게 훈장 수여가 이뤄졌다.

다시 군부 관리가 크게 외쳤다.

"본 수여자는 해군참모총장으로서 나라와 백성을 지키기 위해 해전을 직접 지휘하면서 앞으로 보기 힘든 전과를 이룩한 바 태극무공훈장을 수여하오! 수여자는 앞으로 나오시오!"

이원회가 한 걸음 앞으로 나섰다.

그리고 이희가 성혁과 마찬가지로 그에게 훈장을 달아주고 메달이 달린 목걸이를 목에 걸어줬다.

악수하면서 이원회에게 고마움을 표시했다.

"육군과 달리 해군에서는 인재가 너무나 부족했다. 그 가운데서도 노신을 이끌고 직접 적을 격파했으니 제독에 대한 과인의 고마움은 이루 말할 길이 없었다. 참으로 고맙노라."

"성은이 망극하옵니다. 전하."

이희의 진심이 이원회에게 전해졌다.

광주에서 나라를 위해서 일어났던 순간이 떠올랐다.

그리고 간절한 마음으로 미국에서 해군의 기초를 키우고 조선으로 돌아와서 첫 항해를 벌였던 순간을 기억했다.

인생 마지막에 이르러서 가장 화려하게 불탔다.

내일 당장 죽어도 후회는 없을 것이라는 생각이 들었다.

가슴에 감동이 가득 찼고 눈에서 눈물이 가득 찼다.

이어 이응천과 박정엽, 이주현에 대해서 훈장 수여가 이뤄졌다.

특히 주현에게 훈장 수여가 이뤄질 때 사람들이 기이한 시선으로 쳐다봤다.

그녀가 장군이라는 사실을 미리 알고 있었지만 천군임에도 불구하고 근위 1사단장을 맡은 그녀의 능력을 신뢰하지 않기도 했다.

그것이 과거의 시선이었다.

그리고 그 시선이 끝내 무너지게 됐다.

조선군의 선봉은 해병 1사단이거나 근위 1사단이었다.

"이주현 참장!"

"참장 이주현!"

"본 수여자는 근위 1사단을 맡아 육군의 선봉으로 앞으로 보기 힘든 전과를 이룩한 바 태극무공훈장을 수여하오! 이주현 참장은 앞으로 나오시오!"

앞선 수여자와 마찬가지로 이주현이 한걸음 앞으로 나섰다.

이희로부터 훈장 수여를 받고 그 모습이 신문기자의 사진에 담겼다.

그리고 수고했다는 격려와 역사 어디에서도 그녀와 같은

명장을 보기가 힘들 것이라는 이야기를 들었다.

이어 춘삼 앞으로 이희가 섰다.

왕 앞에 서 있는 춘삼은 다시 머리가 아찔해 지는 것을 느꼈다.

그의 반응과 상관없이 군부 관리가 외쳤다.

"김춘삼 병장!"

"벼… 병장 김춘삼!"

"본 수여자는 전우를 지키기 위해 살아서 이루기 힘든 희생정신을 발휘한 바, 군의 명예를 드높인 공을 인정하여 태극명예훈장을 수여하오! 본 훈장의 권위는 태극무공훈장과 동일하오!"

'맙소사!'

마음속으로 탄성을 터트렸다.

한발자국 나선 춘삼의 가슴에 태극무늬를 날개가 감싼 문양의 훈장이 달렸다.

그리고 이희가 친히 메달을 목에 걸어줬다.

이희가 춘삼에게 특별한 마음을 전했다.

"세자를 구해준 것으로 안다. 이 자리를 빌려 과인의 자식을 구해준 이 나라 영웅에게 고맙다는 말을 전한다. 이제 조선의 영웅으로 그 권위와 혜택을 누리며 살라. 조선이 수여자를 위할 것이다."

"성은이…! 망극하옵니다! 전하!"

춘삼의 눈에서 눈물이 쏟아져 내렸다.

이희가 제자리로 돌아왔고 감격에 젖은 수여자들은 한발짝 뒤로 빠지면서 자세를 바로 잡았다.

그리고 이희에게 경례 하려고 했다.

성혁이 목소리를 높였다.

"차렷!"

그 순간이었다.

"……?!"

"맙소사?!"

"오오…! 세상에!"

정전에 있던 모든 사람들이 크게 놀랐다.

훈장 수여자들의 눈이 휘둥그레졌다.

특히 이원회와 김춘삼은 놀라다 못해 황당히 여기게 됐다.

신문기자들이 정신을 챙기며 사진기로 군복을 입은 이희의 모습을 찍었다.

그의 손이 군모 앞에 있었다.

조선의 통수권자이자 군의 최고 사령관이 먼저 경례와 목례를 받지 않고 수여자들에게 먼저 경례하고 있었다.

그 같은 일이 도저히 믿어지지 않았다.

놀랐던 성혁이 계속해서 구령을 붙였다.

"겨… 경례!"

"충성!"

"바로!"

144

성혁을 비롯한 수여자가 손을 내렸다.

그러나 이원회는 성혁의 구령에도 손을 내리지 않았다. 그의 행동에 이희 또한 손을 내리지 않았다.

이마에 손을 붙인 상태로 이원회에게 말했다.

"제독은 과인에 대한 경례를 마쳐라."

이원회가 거부했다.

"그럴 수 없습니다. 신이 어찌 감히 전하보다 먼저……."

"어명이다. 그리고 과인은 관례를 만들기 위함이다. 태극무공훈장과 태극명예훈장은 앞으로 이 나라 최고의 훈장이 될 것이다. 최고의 권위를 지녀야 하기에 마땅히 과인이 먼저 경례해야 한다."

"……."

"해군참모총장은 과인의 어명을 받들라."

군모 앞의 손을 내리면서 이원회가 한번 더 눈물을 흘렸다.

"성은이 망극하옵니다. 전하. 흐흑!"

백발 노장이 흐느끼면서 눈물을 흘렸다.

그리고 가슴에 목에 단 훈장의 권위를 직접 체험했다.

춘삼도 그것을 직접 느끼며 눈물을 흘렸다.

정전 안에 감동 받지 않은 자가 없었다.

미리 그 관례의 유례를 알고 있는 성혁도 코끝이 시큰해지는 것을 느끼며 그 감동을 느꼈다.

주현과 박정엽도 가슴이 벅차오르는 것을 느꼈다.

그로써 훈장수여식이 마무리 되려 했다.

마무리 직전에 이희가 신문기자들이 보는 앞에서 말했다.

그것은 자신이 직접 훈장을 주지 못한 영웅이 있음을 알리는 것이다.

"과인이 친히 훈장 수여를 하지 않았지만 적지 않은 전공으로 훈장 수여를 받는 장병들이 있다. 근위 1사단 연대장인 박승환, 대대장인 안중근, 중대장인 신태호, 그리고 해병대 중대장인 이척, 이동휘를 비롯한 해군 전단장들과 신순성, 김창수, 이강을 비롯한 해군 전대장들이 있다. 이들 또한 마땅히 무공훈장을 받을 것이며 전우를 살리기 위해 스스로를 희생한 장병은 명예훈장을 수여 받을 것이다. 이 자리에 보이지 않는다고 그들의 공과 희생을 잊지 말라. 군부대신은 보훈청을 통해 전공자들에게 훈장을 수여하라. 과인이 백성을 대신해 그들의 공을 치하할 것이다."

"어명을 받들겠습니다! 전하!"

수여식을 마무리하고 김인석에게 눈짓으로 끝을 알렸다.

그리고 당당한 걸음으로 정전 밖으로 나갔다.

이희가 나갈 때 감격한 신문기자들이 크게 외쳤다.

"대조선국 주상 전하 만세! 만세! 만세!"

만세 삼창을 뒤로하고 이희는 협길당으로 향했다.

그리고 훈장수여자는 부푼 가슴을 안고 대궐에서 퇴궐하여 돌아가야 할 곳으로 향했다.

조선으로 돌아온 성혁은 다시 일본으로 가지 않았고 이웅천과 박정엽, 이주현 등은 일본으로 돌아가서 복귀할 준비를 했다.

그리고 춘삼이 집으로 돌아가 어머니에게 훈장을 보여줬다.

자식이 받은 훈장을 보면서 그의 어미가 눈을 휘둥그레 떴다.

자식이 나라의 영웅이라는 사실이 믿어지지 않았다.

"정말로 네가 최고… 훈장을 받았단 말이냐?"

"예! 어머니!"

"그러면 우린 어떻게 되는 거니?"

"훈장에 따르는 보상을 보훈청으로부터 받을 거예요."

"얼마나?"

"한달에 120원씩 연금을 받아요. 매해 조정을 받아서 시장 물건 가격 수준에 따라 늘어난다고 들었어요. 그리고 소자가 혼례를 치러서 자식이 태어나면 육군사관학교 입교를 원하면 시험 없이 입교할 수 있어요. 이제 호강 시켜드릴 수 있어요, 어머니. 전하의 성은이에요!"

"……."

"정말 감사한 일이에요."

"……."

그 외에 수많은 혜택이 있었다.

그러나 춘삼이 어미에게 말한 것만으로도 충분히 기뻐할 수 있는 일이었다.

앞으로 돈이 부족해서 먹고 입는 것을 걱정하지 않아도 됐다.

그러나 어째서인지 그의 어머니의 표정이 좋지 않았다.

근심이 가득했고 고민 가득한 표정을 짓고 있었다.

그때 집 밖에서 목소리가 울려 퍼졌다.

"춘삼 어멈! 있는가?!"

"……?!"

춘삼의 어미가 움찔하면서 놀랐다.

그녀의 반응을 보고 춘삼이 일어나서 문을 열었다.

그리고 마당 중앙에 들어와 있는 단발을 한 남자들을 봤다.

그중 한 사람을 춘삼이 알고 있었다.

"다복 아저씨?"

"음? 설마, 춘삼이냐?"

"예. 정말 오랜만에 뵙습니다."

"오랜만이구나. 그런데 입대한 것으로 알고 있는데 네가 어찌 이곳에 있느냐?"

"다쳐서 의가 전역했습니다."

"의가 전역?"

"싸울 수 없는데다가 전쟁이 끝나서 예비역이 됐습니다.

그런데 어쩐 일이십니까? 어쩐 일로 어머니를…….”

“춘삼 어멈! 안 나올 거야?! 안 나오면 당장 안방으로 밀고 들어갈 거야!”

“……?!”

마을 부호의 집에서 일하는 다복이 크게 소리쳤다.

그는 부호로부터 아낌을 받았던 종이었다.

그의 외침에 안방에 있던 춘삼의 어미가 조심스레 문을 열고 나왔다.

그리고 당황한 표정을 지으며 다복과 함께 온 남자들의 옷자락을 잡고 뭔가 애원하기 시작했다.

다시 다복이 크게 소리쳤다.

“돈 안 갚아?!”

“가… 갚을게요.”

“네년이 미천한 백정의 여자임에도 어르신께서 돈을 빌려주셨으면 제대로 약속한 날에 갚아야지! 어제가 갚아야 하는 약조 일이었어! 여태 대체 뭘 한 거야?!”

“제… 제발 춘삼이 앞에서 만큼은…….”

“춘삼이 앞에서, 뭐!”

어머니가 울먹이고 있었고 어릴 때 천민이라고 자신을 챙겨줬던 아저씨가 그토록 밉게 보일 수 없었다.

춘삼이 어미에게 돈 갚기를 요구하는 다복에게 다가섰다.

그리고 그에게 무슨 일인지 물었다.

"돈을 갚아야 하다니, 그게 무슨 말입니까?"

다복이 춘삼에게 말했다.

"네가 없을 때 네 어미가 어르신으로부터 돈을 빌렸다."

"얼마나요?"

"100원. 이자까지 쳐서 어제 갚았어야 했는데 네 어미가 갚지 않았어. 네 생각은 어떠하냐?"

"이자가 얼만데요?"

"열흘 1할 복리로 한달 기한을 주셨어. 132원 10전을 갚아야 하는데, 네가 자식으로 생각해도 당연히 갚아야 할 돈이지 않느냐? 그렇지 않느냐?"

"절대 아닌데요."

"뭐?"

"돈을 빌릴 때는 1년 이자로 계산하는데 열흘 동안 1할 복리라니요. 나라법이 그렇지 않습니다."

"……."

"두달만 기다려 주시지요. 제가 돈을 갚겠습니다. 그러면 되지 않겠습니까?"

춘삼의 바른 말에 다복과 그를 따르는 자들이 인상을 썼다.

그리고 다복이 다시 말했다.

"춘삼아. 네가 뭘 모르는 모양인데 그건 은행에서 돈을 빌릴 때고, 급할 땐 또 다르다. 그러니 당장 갚을게 아니라면 빠지거라."

"그럴 수 없습니다."

"빠지라니까."

춘삼이 팔을 들면서 어미와 다복 사이를 갈라놓았다.

"이 나라의 어떤 사람도 그런 불합리한 것을 요구할 수 없습니다. 특히 제 어머니께 말입니다. 물러설 수 없습니다."

"미천한 백정 놈이 감히……!"

"저는 미천하지 않습니다! 저는 엄연히!"

"뭐해?! 당장 이놈을 패버려!"

퍽!

"커헉…! 아… 아저씨."

퍽! 퍼억!

"크흑!"

다복과 무리가 춘삼을 폭행하기 시작했다.

옆에 있던 춘삼의 어미가 비명을 질렀고 자식을 구하려고 뛰어들었다가 다복의 밀침에 넘어졌다.

그에 춘삼이 놀라 어미에게 손을 뻗었다.

"어머니?!"

"춘삼아!"

퍽!

"아악!"

"춘삼아?!"

쓰러진 춘삼의 어깨를 다복이 밟았다.

그로 인해 춘삼이 몹시 고통스러워하며 어깨를 붙잡고 일어날 줄 몰랐다.

그를 씩씩 거리면서 내려 보면서 다복이 크게 외쳤다.

"어른이 말할 때 끼어들지 말고 빠져! 병신 놈!"

"으윽……!"

그리고 함께 온 남자들에게 말했다.

"뭐해? 당장 뒤져서 돈이 될 만한 것을 다 꺼내!"

"예!"

남자들이 안방으로 들어가서 돈이 될 수 있는 것들을 찾았다.

가재와 놋기와 심지어 나무 그릇까지 꺼내서 시장에 팔 수 있는 것은 모두 가지고 나왔다.

그리고 마당 밖에 세워진 수레에 실었다.

다복이 다시 춘삼을 내려다보다가 가슴에서 반짝이는 것을 봤다.

"뭐야 이건?"

"아… 안 됩니다……."

"안 되긴 뭐가 안 돼. 비싸게 보이구만. 내 놔."

"안 됩니다…! 제발!"

가슴에 달린 장신구를 떼고 똑같은 모양의 장식이 달린 목걸이를 벗겼다.

그리고 매달리는 춘삼의 어미를 떨어트리고 애원하는 춘삼을 뒤로하며 박찼다.

멀어지는 다복을 향해 춘삼이 왼팔을 뻗었지만 닿지 않았다.

직후 정신을 잃었다.

그의 어머니가 크게 소리쳤다.

"춘삼아! 춘삼아……!"

깊은 후회감이 몰려왔다.

그리고 드러누운 춘삼은 쉽게 정신을 차리지 못했다.

그가 나라를 지킨 영웅이라는 사실이 나라 곳곳에 알려지기 전이었다.

일본에 주둔하고 있던 육군 1군단이 돌아왔다.

* * *

"다들 어깨 펴고 당당히 걸어라. 만민이 우릴 기다리고 있다. 우린 개선군이야. 알겠나?"

"예! 중대장님!"

"조금만 기다려라. 이제 곧 조선이다."

화물선의 화물칸에 타고 있던 이척이 중대원들에게 말했다.

1군단에 속해 있던 해병 1사단이 제일 먼저 복귀를 이뤘다.

파도가 넘실거리는 바다를 건너 부산포에 이르러 현문을 내린 화물선으로부터 내렸다.

그러자 천해를 뒤흔드는 크나큰 함성을 들었다.

미리 나와 있던 백성들이 하선하는 해병대 대원들을 보고 크게 소리쳤다.

그들은 승리를 이룬 개선군이었다.

"해병 1사단이다!"

"우리 군의 선봉이야!"

"왜적을 소탕한 우리 정예군이 돌아왔어!"

"와아아아아~!"

"해병 1사단! 만세! 만세! 만세!"

함성에 배에서 내리던 해병 1사단 장병들이 움찔했다.

그러나 이내 미소를 지으면서 백성들이 보내는 환호를 기쁜 마음으로 빈아들였다.

그리고 어깨에 소총을 걸고 당당한 걸음으로 부두 위를 걸었다.

오와 열을 맞추고 줄을 선 뒤 마중 나온 백성들에게 인사할 준비를 했다.

마지막으로 박정엽이 배에서 내렸다.

그러자 그를 본 백성들이 알아보고 소리를 질렀다.

그의 얼굴을 신문을 통해서 백성들이 알고 있었다.

"박정엽 장군이다!"

"조선 최고의 명장이셔!"

"박정엽 장군! 천세! 천세! 천세!"

부두를 밟은 박정엽이 멋쩍은 미소를 보이면서 힘 있게

걸었다.

그리고 오와 열을 맞춘 1만 대군 앞으로 가서 구령을 붙이며 장병들을 지휘했다.

그의 명을 따라 장병들이 일제히 팔을 올렸다.

"부대 차렷!"

척!

"경례!"

"필승!"

척!

"와아아아아~!"

"멋지다!"

장병들의 경례에 부산 백성들이 크게 감동 받았다.

신문기자들이 사진을 찍으며 그 모습의 감상을 곧바로 수첩에 쓰기 시작했다.

그리고 정엽이 장병들을 이끌며 기차역으로 향했다.

"부산역으로 향한다! 1연대부터 이동하라!"

"1연대! 전진!"

해병 1연대가 행진했고 1중대가 맨 앞에 서서 부산역으로 향하기 시작했다.

중대장인 이척이 장병들을 이끌었고 그를 본 백성이 또 한번 함성을 지르면서 감격했다.

천세를 크게 외쳤고 세자의 참전을 기뻐하며 은혜로 생각했다.

부산역으로 가던 중에 자식을 본 부모의 외침이 크게 울려 퍼졌다.

"진택아!"

"어머니?"

"진택아! 여기 있다!"

"어머니! 강건하셨습니까?!"

"그래! 너도 아픈 곳은 없느냐?!"

"예!"

"조만간 보자꾸나! 우리 새끼!"

"예! 어머니! 조만간 집에서 뵙겠습니다! 흐흑!"

　애써 부산까지 마중 나온 부모님을 보고 한 병사가 눈물을 흘렸다.

　그 외에 다른 일부 장병들의 가족도 찾아와서 이름을 불렀다.

　부모와 아내와 자녀의 목소리를 들은 장병들은 너나 할 것 없이 기뻐하며 멀어지는 것을 아쉬워했다.

　그러나 조만간 다시 만날 것이라는 것을 알았다.

　부산역에서 기차에 올라탔을 때 역사에서 일하는 직원들이 장병들의 목에 꽃목걸이를 걸어줬다.

　성대한 환영을 받으면서 귀국했고 그로부터 보름 동안 1군단에 속한 사단들이 돌아왔다.

　최종적으로 주둔지로 돌아가서 그동안 유지하던 긴장을 풀고 무기 정비를 벌이면서 심신을 회복했다.

그로부터 수 일이 지났다.

복귀한 1군단 중 연대를 대표하는 중대가 차출되어 한양으로 향했다.

육군사관학교에서 집결해 행진연습을 한 뒤 며칠 지나지 않아 육조거리에서 큰 함성을 일으켰다.

거리에 모인 백성들이 크게 환호성을 질렀다.

"대조선국 만세!"

"대조선국 국군 만세!"

"와아아아~!"

꽃종이를 맞으며 연대를 대표하는 중대 장병들이 보무당당하게 걸었다.

한양에 주재하고 있던 각국 공사관원들도 나와서 일본군을 완벽하게 이긴 조선군의 실체를 눈으로 확인했다.

한 일식 소총과 수레에 실린 한 이식 기관총 그리고 뒤에서 끌려가는 천둥 일식 야전곡사포를 확인했다.

육조거리를 행진하던 장병들이 일제히 섰다.

단상 위 중앙에 이희가 섰고 그 뒤에 민자영이 의자에 앉아 미소를 짓고 있었다.

그리고 양옆과 단상 아래로 대신들이 서 있었다.

멈춘 장병들이 줄 맞춰 서서 부동자세를 취했다.

가장 앞에 서 있던 지휘자가 큰 목소리로 부대 장병들을 통솔했다.

그는 태극무공훈장을 받았던 1군단의 지휘관이었다.

"부대! 차렷!"

척!

"경례!"

"충성!"

군단장인 이웅천이 지휘하며 이희에게 경례했다.

그리고 군복을 입은 이희가 군모 앞의 손을 올리면서 경례를 받았다.

이웅천이 돌아서서 '바로!'라고 외치자 장병들이 일제히 손을 내리면서 그 모습이 장관이 되었다.

전사상자가 없는 것은 아니지만 최소한의 피해로 전승한 것은 부정할 수 없는 진실이었다.

그런 장병들의 군기를 보며 오히려 이희의 심장이 장병들보다 크게 뛰었다.

두근거리는 가슴을 진정시키느라고 고생했다.

그리고 옅은 심호흡을 하며 길게 숨 쉬었다.

단상 위에 서서 장병들에게 크게 외쳤다.

"임진년에 왜적이 거병하여 이 나라를 침략했으니, 선왕께서는 몽진을 하셨고 만민이 해를 입어 도탄에 빠졌노라! 그러나 의병이 일어나고 충장공과 충무공이 나라를 지켰으니 망국의 문턱에서 조선이 겨우 구해졌노라! 그러나 적의 근원을 단죄하지 못했음이니 이번에야말로 출정을 나가 도적떼의 근원을 부수고 개선군이 되어 돌아왔노라! 마침내 적을 소탕하고 단죄를 이루었다! 이로써 선왕께서 이루지 못하셨던 안위를 이뤘노라! 제군들이야말로 이 나라 만민과 왕실의 영웅이노라!"

"와아아아~!"

"만세! 만세! 만세!"

도열한 장병들이 크게 외쳤다.

감격한 가운데 눈물을 흘리는 백성들이 수두룩했다.

이토록 통쾌한 순간이 있을까.

함성이 잦아들자 이희가 손바닥을 들면서 고요함을 명했다.

다시 침묵하자 목에 힘줘서 세상 사람들에게 말했다.

그것은 열강의 선포였다.

"이제 우리는 웅크리지 않을 것이다! 또한 불의를 보고 가만히 있지 않을 것이다! 오직 정의와 공정함과 배려로 천하를 화평히 이룰 것이며, 적으로 채워져 있던 세상을 우리의 친우로 바꿀 것이다! 이를 이룬 영웅들이여 이제 휴식하라! 집으로 돌아가 가족을 만나고 그동안 나누지 못했던 정을 나누라! 그리고 이 나라를 지키고 산업의 역군이 되라! 피로써 이룬 우리의 노력은 만대 후손의 번영과 영광이 되리라! 이제 조선은 당당한 독립국이다!"

"와아아아~!"

"대조선국 만세!"

하늘이 터질 만큼 우렁찬 함성이 울려 퍼졌다.

백성들이 두 팔을 높이 들며 환호했고 열병을 벌인 장병들은 조선의 독립을 이룬 자부심을 얻었다.

조선이 독립국임을 선포하고 이희의 연설이 끝났다.

그리고 웅천이 장병들을 지휘했다.

"부대! 차렷! 경례!"

"충성!"

부대 경례 구호가 아닌 군주이자 총사령관인 이희에게
외치는 구호였다.

장병들의 구호와 함께 경례가 이뤄지고 이희 또한 경례
하면서 크게 충성이라는 구호를 외쳤다.

이를 마지막으로 열병식이 끝났다.

"집에 가자!"

"와아아아아~!"

환호와 함께 집에 갈 수 있다는 벅찬 감정을 안았다.

꽃종이가 육조 거리 전체에서 뿌려졌고 뒤로 돌아선 장
병들이 남대문을 지난 역순으로 행진하기 시작했다.

그리고 다시 백성들의 환호소리가 울려 퍼졌다.

남대문을 빠져 나간 장병들은 서대문 육군사관학교로 향
해 주둔지로 향할 준비를 했다.

며칠이 걸려 열차를 통해 부대로 돌아간 뒤 곧바로 무기
를 반납하고 휴가를 받아 집으로 향했다.

조선 본토를 지켰던 3군단이 병력을 파견해 빈 막사와
부대를 지켰다.

열병식이 벌어졌을 때 자식을 보려고 육조거리로 나섰던

한 아비가 있었다.

그는 한양에서 미곡을 팔며 이문을 거두고 어려운 가정을 살피는 참된 상인이었다.

그가 자식을 기다리고 있었다.

그리고 자식이 아비에게 돌아왔다.

미곡을 팔던 안태훈의 눈앞에 중근이 서 있었다.

"아버지."

"중근아!"

"아버지!"

부자가 부둥켜안으며 온기를 느꼈다.

전쟁터로 향한 자식의 생사를 걱정함이 끝났다.

그리고 중근 외에 많은 장병이 집으로 돌아가 가족을 만나고 눈물을 흘렸다.

군복을 입은 이척이 근위대의 경례를 받으며 경복궁으로 돌아왔다.

광화문을 지나 근정문을 지났고 이희가 있을 협길당으로 향했다.

협길당에 이르기 전에 사정전 앞에서 아비를 만났다.

"아바마마."

"그래. 참으로 조심히 다녀왔구나."

"예."

"이리 오거라. 어디 손을 한번 잡아보자꾸나. 아비에게 오거라."

이희가 이척을 불렀고 이척이 아비에게 가서 손을 잡았다.

손을 잡은 이희는 깨끗해야 할 자식의 손이 거침에 매우 슬퍼했다.

그러면서 이척이 그토록 자랑스러울 수 없었다.

자신은 전쟁터에 섰던 적이 없었고 목숨을 바쳐가며 백성을 지킨 적도 없었다.

오직, 이척과 이강만이 그것을 해낸 상황이었다.

그리고 이강은 여전히 바다를 지키고 있었다.

좋은 날을 잡아 해군을 격려하러 행차해야겠다는 생각을 했다.

그리고 이척에게 편히 쉬라고 말했다.

대궐이 곧 자식의 집이었다.

"내일 아침에 문안 올릴 필요가 없다. 그저 세자빈과 화목한 시간을 보내 거라."

"아닙니다. 아바마마. 아침에 문안을……."

"어명이다. 휴가 기간 동안 궐에서 편히 쉬 거라. 좋은 것도 많이 먹고 말이야. 알겠느냐?"

"예. 아바마마."

"정말 고생했다. 그리고 건강히 다녀와 줘서 고맙다."

이희가 이척의 어깨를 두드리며 격려했다.

그리고 뺨을 어루만지면서 자식의 온기를 느꼈다.

명일에 정찬을 함께 하자고 말했고 이척은 그러겠다고

말했다.

그리고 하루가 지났다.

간밤에 처인 세자빈을 사랑으로 보듬었던 이척이 아비와 함께 정찬을 함께 했다.

장안당에 놓인 서양식 식탁을 두고 마주 앉아 식사했다.

전식으로 흑미죽을 먹고 잡채를 비롯한 각종 요리로 맛을 즐긴 뒤 독도 근해에서 잡은 새우 요리로 식사를 마무리 했다.

그리고 쿠키라 불리는 서양식 과자를 먹으며 커피를 마셨다.

커피를 한 모금 마시고 이희가 이척에게 물었다.

"금일은 무엇을 할 게냐?"

이척이 대답했다.

"하루 편히 쉬려고 합니다."

"그래. 그럼 명일은?"

"소자의 은인을 찾아볼까 합니다."

"김춘삼을 말이더냐?"

"예. 아바마마. 이 나라 태극명예훈장을 받은 영웅을 찾아 뵐 것입니다."

이척의 말에 이희가 말없이 고개를 끄덕였다.

아비인 자신과 시간을 함께 나누는 것보다 은인을 먼저 만나 감사의 뜻을 전하는 것이 우선이었다.

이희가 그것을 허락했고 이척은 다음 날 곧바로 군부로

향해 춘삼이 사는 곳을 확인했다.

그리고 서울역으로 향했다.

조선 최고의 영웅을 만난다는 생각에 가슴이 두근거렸다.

그가 영웅으로 존대받기를 원했다.

새로운 법도를 세우다

"빌려준 돈을 받아 왔느냐?"

"돈이 없어서 가재와 패물을 수거해서 가지고 왔습니다."

"패물이라니?"

"여기 있습니다. 제대한 춘삼이 가지고 있었습니다. 어르신."

"흠……."

사람들을 이끌고 춘삼의 집에서 가재들을 압류해 온 다복이 그가 어르신으로 받드는 마을 부호에게 금패를 넘겨줬다.

부호의 이름은 '조수연'이었고 집안 대대로 마을에서 부를 이뤄왔던 가문의 가장이었다.

그리고 진사시에 급제한 진사였다.

중년의 조수연이 다복이 넘겨준 금패를 살피다가 하인들의 상태를 보고 물었다.

"옷 상태가 어찌 그러하냐?"

다복이 돌아보고 대답했다.

"춘삼이 막아서… 어쩔 수 없었습니다."

"팼더냐?"

"예. 어르신."

"잘했다. 백정의 자식이 분수도 모르고 설치다니. 그럴 땐 따끔한 맛을 보여줘야 한다."

"예."

조수연이 칭찬했고 다복은 목례로 그 칭찬에 감사의 뜻을 밝혔다.

조수연 곁에서 그의 동생이 지켜보고 있었다.

무명옷을 입은 수연의 동생은 근심이 서린 표정을 지으며 자신의 형에게 말했다.

"춘삼이라면 제가 아는 춘삼입니까?"

"그래. 육철과 하빈이의 자식이지."

"군에 입대해서 전쟁에 참전하지 않았습니까? 그래도 나라를 위해서 싸운 군인인데 폭행을 해도 괜찮겠습니까?"

가장으로 가문의 재산을 독차지한 조수연과는 달리, 보통 백성처럼 작은 상점을 운영하며 적당한 풍요를 누리고 있었다.

그런 동생의 물음에 수연이 한쪽 입꼬리를 끌어당기면서 말했다.

"백정의 자식이 조선을 위해서 뭘 할 수 있겠느냐. 비록 반상의 경계가 허물어 졌다고는 하지만 백정은 백정이다. 천한 피가 어디로 가겠느냐?"

"하지만 형님……."

"조용히 하거라. 그래도 죽이지는 않았으니 말이다. 옛날 같았으면 진즉에 매질을 당해서 죽었을 게다. 넌 미천한 백정의 자식이 아니라 우리 가문 편이 되어야 한다."

걱정을 도리어 나무라는 형의 반응에 수연의 동생은 더 이상 아무 말을 못했다.

신분제가 폐지되었지만 고작 7년 지났을 뿐이었다.

여전히 세상엔 반상의 구분이 있었고 천민 출신의 백성에겐 여전히 편견과 차별이 존재했다.

수연이 금패를 다시 살피기 시작했다.

금패에 태극 문양을 확인했고 그것을 보면서 기이하게 생각했다.

그러나 춘삼이 가지고 있었다는 생각에 그것이 특별한 의미를 가지고 있다고 여기지 않았다.

국기인 태극기의 태극무늬는 있지만 괘 문양이 없어서

국기라 여길 수도 없었다.

그것을 살피다가 다복에게 넘겼다.

"값어치가 나가겠군. 어떻게 그놈이 가지고 있었는지 모르겠지만 녹여서 내 처를 위해서 써야겠다. 가지고 가서 1할을 네가 가지고 나머지로 비녀로 만들어서 가져 오거라."

"예. 어르신."

미소를 지으며 금패를 챙겨서 다복이 나갔다.

한 주먹이 되지 않는 금을 탐하는 동안 다복과 그를 따르는 이들에게 폭행당한 춘삼은 고열을 일으키며 사경을 헤매기 시작했다.

그의 어미가 급히 마을 의원에게 찾아갔다. 그리고 매몰찬 대답을 들었다.

"백정 놈이 어디서 감히!"

"제발 살려주세요!"

"더러우니까 저리 가! 칵! 퉤!"

의원이 춘삼을 치료하길 거부했다.

마을에서 백정 집안은 오직 한 집안이었고 춘삼을 모르는 사람이 잘 없었다.

그가 나라를 위해서 싸우다 돌아와도 당연히 해야 하는 것이라 여기면서 전과 마찬가지로 더럽고 미천하게 여겼다.

주민들은 경멸의 시선으로 울먹이는 춘삼의 어미를 보고

있었다.

춘삼의 어미는 사람들의 시선을 느끼며 절망했다. 자신
이 사는 마을에서 자식을 구할 수 없다는 생각이 들었다.

그때 그녀를 동정하는 유일한 사람을 만났다.

그녀는 조수연의 집에서 일하는 하녀였다.

신분제 폐지 이전에 밑에서 일했던 노비가 춘삼의 어미
에게 물었다.

"하빈아. 무슨 일이야? 대체? 왜 그리 우는 거야?"

"언니……!"

"어서 말해 봐."

하녀의 이름은 성림이었다.

성림의 물음에 춘삼의 어미인 하빈이 사정을 알렸다.

그녀의 말을 듣고 성림이 놀라 눈을 동그랗게 떴다.

그리고 자신이 알고 있는 것을 하빈에게 알렸다.

"저 산 너머 동막 마을에 명의가 있어. 우리 같이 천한 것
도 치료해준다고 하니까 가 봐!"

"언니. 내가 가면 춘삼이가……."

"내가 보고 있을게. 일 끝나서 봐 줄 수 있어! 빨리 가 봐!
동막 마을 중앙 다리 건너서 왼쪽 세번째 집이야!"

"고… 고마워요. 언니!"

"행상이 있을 테니까 갈 때 함께 가!"

성림의 도움으로 하빈이 춘삼을 맡기고 산으로 향했다.

호랑이가 나타날 수 있기에 행상과 함께 움직여야 했다.

그러나 마음이 급해서 하빈 홀로 동막 마을로 향했다.

밤새 걸어 마을에 도착해, 마을 내 유일한 다리 옆의 의원 집을 찾아갔다. 그리고 자식을 살려달라고 애원했다. 자다 깨어난 의원은 난감한 표정으로 이마를 짚었다. 하빈에게 춘삼이 있는 곳을 물었다.

"집이 어디에 있소?"

"저… 저 산 너머 양구에 있습니다… 제발 살려주세요… 의원님……!"

다시 고민하다가 의원이 말했다.

"…호랑이가 튀어나올지도 모르는데 이 밤에 올 정도면 정말 급한가 보오. 잠시 기다리시오. 의구를 챙겨야겠소. 그리고 앞장 서주시오."

"가… 감사합니다! 의원님…! 감사합니다!"

그 또한 천한 신분이었던 사람이었다.

어릴 적에 의원을 거들던 노비였다가 어깨 너머로 익힌 의술로 사람을 살렸다.

그 후 의서를 통해 정식으로 의술을 닦아 의원이 된 사람이었다.

노비제 폐지되고 자신을 무시하는 고향을 떠나 사람을 치료하고 있었다.

그리고 이제는 하빈을 따라 양구로 들어가서 춘삼을 치료하고 있었다.

안방에서 엎드린 춘삼 앞에서 하빈이 눈물을 흘리고 있

었다.

 밤새 춘삼을 살폈던 성림은 일하기 위해 조수연의 집으로 간 상태였다.

 춘삼의 오른쪽 어깨 주위에 침이 꽂혀 있었다.

 그리고 등에 놓인 뜸이 연기를 피우자 춘삼의 몸에서 식은땀이 줄어들기 시작했다.

 그 모습을 보고 의원이 안도의 한숨을 쉬었다.

 꽂았던 침을 뽑고 등에 놓았던 뜸을 거둬들였다.

 춘삼의 어미가 걱정하며 의원에게 물었다.

 "어…어떻게 되었나요?"

 의원이 대답했다.

 "열이 내렸으니 큰 고비는 넘겼소."

 "그런데 어째서 깨어나지 않나요……?"

 "그야 회복이 덜 되었으니까. 하지만 차차 회복할 거요. 그리고 어깨 쪽에 수술한 자국이 있던데 희박하지만 그쪽의 상태가 다시 나빠져서 위급해진다면 양의원을 찾아서 치료해야 할 거요. 그쪽이 더 잘 알 테니 말이오. 상황에 따라서는 페니… 뭔가 하는 신약으로 치료를 받아야 할 거요."

 "네… 의원님……."

 "그럼 이만 가보겠소. 나도 우리 마을의 병자들을 살펴야 하오. 혹, 상태가 많이 호전되면 기별해주시오. 쾌차하길 바라오."

"감사합니다."

"그럼."

춘삼을 치료한 의원이 자리에서 일어났다.

그리고 방문을 열고 밖으로 나갔을 때, 그를 따라나선 하빈이 마당에 서 있는 사람들을 보게 됐다.

하나같이 검은색 군복을 입은 사람들이었다.

"뉘신지……?"

맨 앞에 서 있던 군인이 하빈에게 목례했다.

"처음 뵙겠소. 김춘삼 병장의 중대장이었던 이척 대위요. 김춘삼 병장의 어머님이시오?"

"네. 맞습니다만……?"

"김춘삼 병장에게 구함을 받고 감사의 인사를 드리려고 이렇게 갑자기 찾아왔소. 그래서 미리 송구하다는 말을 전하오. 혹, 김춘삼 병장은 안에 있소?"

하빈의 집에 찾아온 이는 귀인이었다.

하빈은 자식을 만나겠다는 이척의 말에 당혹감을 느꼈다.

춘삼을 진료한 의원은 이척을 알아보고 입을 크게 벌리게 됐다.

그리고 숨을 토해내듯이 말했다.

"세… 세… 세자 저하?!"

"……?!"

의원의 반응에 하빈이 눈을 껌뻑였다.

그리고 의원에게 물었다.

"세자 저하라니요? 우리 집에 어째서 저하께서⋯⋯."

"보시오! 조선의 백성으로서 세자 저하를 알아보지 못하는 게요?! 어서 인사하시오!"

의원이 마당으로 뛰어 내려와 바닥에 엎드렸다.

그리고 하빈도 놀라며 마당으로 내려와서 바닥에 엎드렸다.

이척이 미소를 보이며 의원을 일으켰다.

"이러지 마시오. 아바마마께서도 더 이상 이런 인사를 안 받으시는데, 내게 불충과 불효를 저지르게 만들지 마시오. 일어나시오."

"저하⋯⋯."

"김춘삼 병장의 아버님이시오?"

"예⋯⋯?"

"김춘삼 병장의 아버님이라고 물었소. 맞소?"

하빈과 함께 있던 의원을 이척이 춘삼의 아비라고 생각했다.

그의 말을 듣고 의원이 당황하면서 자신을 알렸다.

"아⋯ 아닙니다. 저는 이 집을 방문한 의원일 뿐입니다."

"의원?"

"예. 저하께서 말씀하시는 김춘삼 병장은 안에 누워 있습니다."

"……?"

의원의 대답에 이척이 어리둥절했다.

그리고 하빈을 쳐다봤다.

"무슨 말이오?"

그리고 하빈이 눈물을 흘리며 이척에게 읍소했다.

"저하… 정말 세자 저하시라면… 저와 제 자식의 한을 풀어 주시옵소서! 이렇게 간청 드립니다! 흐흐흑……!"

이척의 옷자락을 붙들고 통곡하면서 애원했다.

그녀의 읍소에 이척은 황당히 여기면서 그녀와 의원이 나온 안방으로 천천히 걸음을 옮겼다.

그리고 안방에 누워서 고통스러워하는 춘삼을 봤다.

이척이 놀라 자세를 낮추며 춘삼을 살피려 했다.

"이보게! 춘삼이!"

손대려 할 때 의원이 크게 소리쳤다.

"아니 되옵니다!"

"……?!"

"간밤에 침과 뜸으로 겨우 고비를 넘겼습니다! 지금 김 춘삼 병장을 깨우시면 안 됩니다!"

의원의 소리침에 이척이 움찔했고 화내지 않았다.

그가 다급히 외친 것이라는 것을 알고 있었다.

의원과 춘삼을 번갈아 보고 안방에서 나와서 하빈에게 물었다.

"어찌 된 거요?"

그리고 하빈이 사정을 설명했다.

"실은……."

그간 있었던 일에 대해 이야기를 들으면서 이척의 얼굴이 붉어지기 시작했다.

그곳은 조선의 동서남북 중 한양보다 중심에 위치한 곳이었다.

그러나 가장 외진 곳이었고 고립된 곳이었다.

산으로 둘러싸인 분지로 삼국시대 때부터 '양구'라 불리는 곳이었다.

그곳에 언론이 뒤늦게 닿았다.

광문일보에서 발행한 신문이 지게를 멘 사람들을 통해 겨우 양구로 들어가서 팔렸다.

그중 한 부가 조수연의 손에 들렸다.

양구 밖에서 일어나는 일을 알고자 했다.

그리고 신문을 읽다가 두번째 장의 사진을 보고 눈을 키우게 됐다.

관자놀이에서 식은땀이 흘러내렸다.

"태극명예훈장이라고…? 그럴 리가?! 그놈이 어째서……?!"

신문을 든 조수연의 손이 덜덜 떨렸다.

형의 반응을 보면서 그의 동생이 물었다.

"무슨 일입니까? 신문 기사에 뭔가 쓰여 있습니까? 형님?"

수연이 신문을 보여주면서 동생에게 물었다.

"여기, 이 사진… 춘삼이 맞지……?"

"네?"

"봐. 여기 훈장 수여를 받는 병사, 춘삼이 맞냐고?"

형의 물음에 동생이 사진을 자세히 보다가 대답했다.

"제 기억으로는… 맞는 것 같습니다. 형님."

"씨팔! 큰일 났네……!"

"예?"

"다복아! 다복아 어디에 있느냐?!"

신문 사진 속에 담긴 춘삼을 보고 수연이 덜덜 떨었다.

급히 다복을 부르짖었고 부름을 받은 다복이 마당 중앙
으로 달려왔다.

그리고 그에게 수연이 물었다.

"저번의 금패는 어찌했느냐?"

"1할은 제가 가지고 나머지는 비녀로 만들라 하셔
서……."

"녹였느냐?!"

"예. 어르신. 지금쯤이면……."

"빌어먹을! 그걸 녹이면 어쩐단 말이더냐! 아아…! 정말
로 큰일이다…! 어떻게 이런 일이……!"

하늘이 무너지는 느낌을 받으며 대청에 서 있던 조수연
이 주저앉았다.

그런 수연의 모습에 하인들이 황당히 여겼다.

수연의 동생은 다시 신문 기사를 읽다가 형이 어째서 놀라고 두려워하는지 알게 됐다.

춘삼이 태극명예훈장 수여자였다.

그리고 수연이 처의 비녀로 삼으려 했던 금붙이가 바로 태극명예훈장이었다.

형이 훈장을 상하게 하고 다복이 춘삼을 폭행했다.

그 사실을 안 수연의 동생은 눈앞이 깜깜해졌다.

왕이 영웅으로 인정한 사람을 상하게 만들었다.

수연이 다복에게 크게 호통 치면서 물었다.

"춘삼은 어디에 있느냐?!"

"지… 집에 앓아누운 것으로……."

"당장 가서 무릎 꿇고 사과해! 네가 잘못했다고! 그리고 돈을 줘서 놈의 입을 틀어막아야 한다! 어서!"

"예… 옛!"

무엇 때문에 그리 다급해졌는지 다복은 알 수 없었다.

그저 수연의 지시를 따라야 한다는 생각을 하며 춘삼의 집으로 향하려 했다.

몸을 돌리고 대문으로 향하려 할 때 문 밖에서 큰 소리가 일어났다.

"진사 조수연은 오라를 받으라!"

쾅!

"와아아아~!"

"……?!"

문이 부서지면서 곤봉을 든 경찰들이 마당으로 밀고 들어왔다. 눈치 없이 앞을 막았던 하인들이 곤봉을 맞고 쓰러졌다.

다복은 소스라치게 놀라면서 어쩔 줄 몰랐다.

그걸 본 조수연이 놀라 한번 더 주저앉았다.

그의 동생이 심장이 덜컹 내려앉은 가운데 안방에 있던 수연의 부인이 나와서 눈을 크게 키웠다.

그리고 지아비에게 물었다.

"여보, 이게 어떻게 된 거예요……?!"

"안으로 들어가 있으시오!"

안방에 있으라는 수연의 말이 귀에 잘 들리지 않았다.

문턱 앞에 서서 마당을 채우는 경찰들을 봤다.

그리고 삽시간에 안채를 감싸고 도망갈 곳을 틀어막는 모습을 봤다.

수연과 그의 가족들의 눈동자가 떨리고 있었다.

그때 양구를 책임지는 제복 차림의 경찰서장이 들어오고 검은색 군복을 입은 장교들이 들어왔다.

장교 중 한 사람이 마당에 서 있는 하인과 대청에 있는 사람들을 번갈아 보고 인상을 찌푸렸다.

그리고 엄한 목소리로 그들에게 물었다.

"주상 전하로부터 태극명예훈장을 수여 받은 전쟁 영웅 김춘삼 병장을 폭행한 자가 누구인가? 속히 대답하라."

장교의 물음에 집의 사람들이 바로 대답하지 못했다.

하인들은 어리둥절했고 조수연과 그의 동생은 벌벌 떨면서 대답할 수 없었다.

대답을 기다리다 못해 경찰서장이 크게 소리쳤다.

"세자 저하께서 하문하시지 않는가?! 김춘삼 병장을 폭행한 놈이 어떤 놈인가?! 대답하라!"

"……?!"

세자 저하라는 말에 귀를 의심했다.

춘삼이 태극명예훈장 수여자라는 사실도 쉽게 믿어지지 않는데, 앞에 세자가 있다는 사실은 더더욱 믿어지지 않았다. 머릿속이 새하얘지다가 그것이 진짜라는 것을 알게 됐다.

숨이 턱 하면서 막혔다.

수연이 덜덜 떠는 손으로 다복을 가리켰다.

"저… 저놈이 춘삼이 놈을……!"

"놈?"

"아니, 김춘삼 병장을 폭행했습니다! 저하!"

수연의 가리킴에 이척이 다복을 쳐다봤다.

다복은 자신이 얼마나 큰 죄를 지었는지, 훈장이 무엇인지 모르고 있었다. 그리고 이척이 하는 말을 듣고 나서야 자신이 죽을죄를 지었다는 것을 알았다.

이척이 수연의 집안에 있던 모든 사람들이 알아들을 수 있도록 크게 외쳤다.

"난! 대조선국의 세자다! 그리고 대조선국 해병대 대위 이척이다! 김춘삼 병장이 내가 죽을 위기에 처했을 때 목숨으로 구했으니! 그는 전우애와 희생을 상징하는 조선군의 명예요, 목숨으로 전우를 구한 전쟁 영웅이다! 그런 영웅이 무뢰배 놈들에게 폭행당해 쓰러졌으니 어찌 감히 그 자를 가만히 두겠는가?! 또한 아바마마께서 수여하셨던 명예훈장이 강탈당했으니, 그 훈장을 강탈해간 것은 그야말로 조선을 강탈해간 것과 다를 바 없다! 절대 그 죄를 지은 자들을 용서치 않을 것이다!"

"헉?!"

이척의 알림에 조수연이 실신했다.

다복은 그제야 자신이 무슨 짓을 벌였는지 알게 됐다.

주저앉아 오줌을 지렸고 그를 향해 이척이 물었다.

"네놈이 조선의 영웅을 해하였는가?"

엄하고 낮은 음성이 울려 퍼졌다.

그의 물음에 다복이 번개를 맞은 것 같은 느낌을 받으며 무릎을 꿇었다.

그리고 손을 비비면서 이척에게 살려달라고 애원했다.

"이… 일부러 한 것이 아닙니다…! 소인이 그 사실을 알았다면… 절대 그런 망동을 벌이지 않았을 겁니다! 제발 살려만 주시옵소서…! 저하!"

"……."

마치 벌레를 보듯 다복을 깔아봤다.

그리고 그에게 훈장의 행방을 물었다.

"태극명예훈장은 어찌 하였느냐?"

하빈으로부터 그가 훈장을 강탈해간 이야기를 들었다.

이척의 물음에 다복이 수연을 쳐다보면서 말했다.

"어… 어르신께서 금비녀로 만드신다고 제게……!"

"금…비녀?"

"예! 잡것인 소인이 진사 어르신의 지시로 세공 장인에게 훈장을 맡겼습니다! 그래서……!"

다복이 핏발 선 눈으로 조수연을 노려보며 그의 잘못을 고자질했다.

그의 행동에 조수연이 분노했다.

"이런 개만도 못한 놈이……!"

이척이 수연에게 물었다.

"정말로 훈장을 녹이라 지시했는가?"

"……?!"

"솔직히 대답해야 할 것이다. 안 그러면 주상 전하를 능멸한 대역죄를 물을 수 있음이야. 다시 묻겠다. 훈장을 녹이라 지시를 내렸는가?"

"……."

이척의 물음에 수연이 벌벌 떨었다.

원망의 시선으로 다복을 쳐다보고 자신의 동생과 주위 하인들의 얼굴을 봤다.

그런 적 없다고 거짓말해도 다른 이가 증언한다면 괘씸죄에 걸릴 수 있었다.

올가미에서 피해갈 수 없었다.

진실을 이척에게 전했다.

"소인이… 지시했습니다."

그리고 마당으로 내려와 이척 앞에서 무릎을 꿇고 손을 빌었다.

"그게 그런 훈장인지 전혀 몰랐습니다! 하빈이 소인으로부터 돈을 빌렸고 소인은 하빈에게 돈 대신 훈장을 받아서 빚을 지우려 한 것입니다! 그게 태극명예훈장인 것을 알았다면 저놈이 김춘삼 병장으로부터 빼앗아 오는 일도, 소인이 금비녀로 만들 생각조차 하지 않았을 겁니다! 부디 살려만 주십시오! 소인이 잘못했습니다! 부디 살려만 주시옵소서! 세자 저하!"

얼굴을 눈물로 적시면서 애원했다.

그리고 그를 이척이 노려보면서 물었다.

"네놈이 100원을 빌려주고 열흘 1할 복리로 장난질을 치려 한 것을 알고 있다. 나라에서 정한 은행 대출 금리가 얼마나 되는지 아는가?"

"잘……"

"1년에 2할이다. 말인 즉 100원을 빌리면 1년 후에 120원을 갚으면 된다는 이야기다. 은행에서 2할이면 급히 돈을 빌릴 때는 3할이다. 그것이 나라법이고 조선에 거하는 이들 중 어떤 이도 그 법을 어길 수 없다. 그런데 감히 열흘 1할 복리로 대출을 해?! 지엄한 국법을 어겨 놓고 감히 돈을 돌려받겠다고 생각한 것인가?!"

"과… 관례처럼 해오던 것이기에……!"

"관례대로 해왔다면 나랏법은 어겨도 되는 것인가?! 네놈이 말하는 것은 죄인이 벌인 불의의 합리화다! 관례라는 핑계로 네놈의 과욕이 부른 참사의 대가를 치를 것이다! 네놈을 일벌하여 백계를 이룰 것이다!"

이척의 호통에 조수연의 사지가 떨렸다.

그의 처가 놀라서 밖으로 나왔다.

그녀는 마당에 주저앉아 자신의 지아비를 살려달라고 이척에게 빌었다.

고운 옷에 흙이 잔뜩 묻었다.

"저하! 제발 제 지아비를 살려주소서…! 김춘삼 병장에게 머리 숙여 사과하고 훈장을 녹인 것에 대한 보상도 치르겠습니다! 부디 용서해주소서!"

그녀의 간청에 이척이 얼음장 표정으로 말했다.

"용서는 내가 할 수 있는게 아니다. 네 지아비에 관한 처우와 처벌은 오직 국법을 기준으로 내려질 것이다. 조선인이면 나랏법을 따르라!"

"저하!"

"경찰서장은 속히 죄인들을 포박해 압송하라!"

사면의 권한을 이척이 가지고 있지 않았다.

오직 이희가 조선의 군주로서 죄인에 대한 사면을 벌일 수 있었다.

그것조차 백성들의 뜻이 모여야 행할 수 있었다.

이척의 지시를 받아 경찰서장이 조수연과 다복을 체포했다. 그와 함께 춘삼을 폭행했던 자들도 함께 끌고 나갔다.

조수연의 처는 그대로 실신해 쓰러졌고 그녀와 수연의 집에서 일하던 하인들은 드디어 수연이 잡혀 간다고 생각했다.

노비제 폐지 이후, 돈을 주기에 일하고 있었지만 진심으로 조수연의 가족에게 존경심을 가진 적은 없었다.

그렇게 죄인들이 끌려 나갔다.

이척이 경찰서장에게 지시했다.

"검찰청에 연통을 넣어서 이를 수사하시오! 그리고 언론에 공개해 이 일을 전국에 알릴 거요!"

"예! 저하!"

순리대로 죄인을 처벌하고자 했다.

설령 그의 죄가 죽을죄라고 해도 국법이 그것을 용인하지 않으면 법전에 명시되어 있는 형량대로 처벌이 이뤄져야 한다고 생각했다.

경찰과 검찰에게 모든 것을 맡기고 이척이 걸음을 옮겼다.

폭행당해 의식을 잃었던 김춘삼이 신음하면서 천천히 눈을 떴다.

그의 곁을 어미인 하빈이 지키고 있었다.

"으윽……."

"춘삼아…? 춘삼아!"

"윽… 어머니…?"

"그래! 어미다! 알아보겠니?!"

눈물을 글썽이는 어머니를 보고 춘삼이 무슨 일인지 생각하다가 쓰러졌던 것을 기억했다.

불효를 저질렀다는 생각에 가슴 아파했고 몸을 일으키려고 할 때 오른쪽 어깨에서부터 번개가 치는 것을 느꼈다.

신음을 크게 일으키면서 쓰러졌다.

그리고 잊지 못할 목소리를 들었다.

"누워서 안정을 취하게."

소리가 난 방향을 향해서 봤을 때 정복 차림을 한 장교 한 사람을 봤다. 그의 얼굴을 춘삼이 알아봤다.

황급히 놀라면서 눈을 키웠고 벌떡 일어나려다가 다시 통증을 느끼며 쓰러졌다.

장교를 보면서 춘삼이 불렀다.

"중대장님……."

"인사하지 말고 누워 있게."

"저의 집에 중대장님께서 오실 줄은 몰랐습니다… 조선으로 주둔지가 옮겨졌습니까?"

"그래. 1군단이 조선에 복귀했어."

"저의 집은 한양에서 천리 길은 아니지만 길이 험해 오기가 매우 힘듭니다… 어찌 하셔서 이곳까지 친히 오셨습니까…? 이렇게 누워 있어야 하는 사실이 너무나 송구스럽습니다."

"복귀해서 휴가를 얻었으니 마땅히 은인을 만나 감사하다는 뜻을 전해야지. 조선에서 자네는 영웅이지만 내게는 목숨을 구해준 은인일세. 그러니 송구하다는 말을 하지 말게."

집에 찾아온 이유에 대해서 이척이 말하자 춘삼은 한없는 고마운 감정을 느끼게 됐다.

그저 세자인 이척을 살려야 된다는 생각으로 몸을 날렸을 뿐이었다.

그것이 당연하다고 생각하는 가운데 이척이 백리 넘게 굽이치는 산길을 지나서 친히 양구까지 온 사실에 감동 받았다. 눈물을 흘리면서 그 감동에 젖어들고 있을 때 이척이 모든 것을 알고 있음을 밝혔다.

"자네 어머님으로부터 이야기를 들었네. 불법적인 고리대금업을 벌이고 자넬 폭행한 자들을 모조리 체포했네. 그리고 놈들이 태극명예훈장을 강탈해서 녹였더군. 다시 수여가 이뤄질 것이니 죄책감 같은 것은 가지지 말게."

"예. 중대장님."

"웃으면서 함께 술이라도 마실 수 있길 원했는데, 다음으로 미뤄야겠군. 잘 추슬러서 쾌차토록 하게."

"분부 받들겠습니다. 흐흑⋯⋯."

이척이 춘삼의 손을 잡으면서 전우애를 다졌다.

곁에 있던 하빈은 눈가에 맺힌 눈물을 닦으면서 자식이

나라의 영웅이라는 것을 조금이나마 실감했다.

사람들이 백정의 자식이라 비하해도 세자가 자식을 영웅으로 대하고 있었다.

그렇게 비루했던 가문에 광영이 비치기 시작했다.

양구에서 있었던 일이 신문을 통해 백성들에게 알려졌다.

종로에서 신문을 산 백성들이 크게 놀랐다.

"태극명예훈장이 강탈당해서 녹여졌다고?!"

"나라를 지킨 전쟁 영웅이 폭행당해서 목숨을 잃을 뻔했다니? 이게 대체 무슨 이야기야?"

"뭔 엿 같은 상황이야? 이거?"

기막힌 반응을 보이며 신문 기사를 읽었다.

그리고 양구에서 조선의 영웅이 겪은 일의 전말을 알게 됐다.

조수연이라는 이름이 백성들의 뇌리에 깊게 박혀들었다.

"양구군에 사는 조수연이라고?"

"양구 최고 부호면서 진사라는데? 이놈이 나랏법을 어기고 고리대금업으로 백성들의 피를 갈취했군!"

"놈 밑에서 일하는 다복이라는 놈이 종들과 함께 우리 영웅을 폭행했어! 개같은 놈들!"

"이런 놈들이 우리 눈앞에 있었다면 진즉에 죽었을 거야!"

"암!"

"망할 자식들!"

분통을 터트리며 조수연과 다복과 무리들에게 저주를 퍼부었다.

그리고 생사를 오갔다고 하는 춘삼에 대해 매우 안타까워했다.

춘삼에게 다시 태극명예훈장이 수여되고 제중원의 우수한 의사가 그를 치료할 것이라는 기사에 백성들은 그나마 걱정을 덜게 됐다.

그리고 죄인들에 대한 처벌에 대해서 궁금해 했다.

"이놈들 이제 앞으로 어떻게 되는 거야?"

안경을 쓰고 갓을 쓴 백성이 곰방대를 떼면서 기사의 내용을 말했다.

"여기 쓰여 있네. 3쪽에 쓰여 있으니까 잘 읽어 봐."

그의 말에 3번째 페이지에 실린 기사를 사람들이 읽었다.

조수연과 다복에 대한 형이 어떻게 정해질 것인지에 대해서 기사로 쓰여 있었다.

사람들이 죄인들의 예측 형량을 주목했다.

[양구에 거주하는 조수연이 전쟁 영웅인 김춘삼 병장의 모친을 상대로 고리대금업을 벌였고 조수연 아래에서 수금을 벌이던 다복과 무리들이 김춘삼 병장의 집을 찾아가

190

행패를 부리고 전쟁 영웅을 폭행했으니 만민의 관심은 그들의 형량이 어떠할 지에 대해서 관심이 지대하다.

이에 본 기사에서 법에 정통한 변호사의 식견을 빌려 형량을 예측하자면 다복과 무리들은 전쟁 영웅을 폭행한 혐의와 태극명예훈장을 강탈한 혐의, 그로써 조선의 명예를 실추시킨 혐의, 조수연의 지시로 훈장을 상하게 만든 혐의가 적용된다.

반면 그들을 부린 조수연의 경우 나랏법을 어기며 고리대금업을 벌인 혐의와 다복에 대한 지시로 훈장을 상하게 만든 혐의가 적용된다. 훈장 강탈과 조국 명예 실추에 관한 혐의는 다복과 무리가 그 혐의를 일으키기 전에 지시했는지 지시하지 않았는지에 따라 유무죄가 판결된다.

따라서 이에 거론된 혐의가 모두 유죄로 판결날 경우, 조수연과 다복과 무리는 각각 징역 15년 형과 30년 형으로 선고될 수 있다.]

기사를 읽고 사람들이 분통을 터트렸다.

"15년? 30년? 이거 지금 장난하는 거야?"

"종신형도 모자를 판에! 사형을 시켜야지! 전쟁 영웅이 험한 일을 당했는데 이런 식으로 형량이 나온단 말이야?!"

"이건 정말 법이 잘못 된 거야!"

사람들의 분노를 녹일 만큼 형량이 충분하지 않았다.

그러나 기사의 형량은 어디까지나 법과 혐의에 맞춰져 있었다. 사람들은 전쟁 영웅을 다치게 하고 훈장을 강탈했다는 일에 주목했다.

심정적으로라도 연좌제의 부활과 가혹한 형벌이 되살아나기를 소망했다. 그리고 다음 기사를 읽었다.

사람들을 일깨우는 사설이 실려 있었다.

사설을 쓴 사람은 백성들의 마음을 움직일 수 있는 사람이었다.

본 사설을 작성한 이는 대조선국 세자며 해병대 대위 이척이었다.

[이번에 조선의 영웅인 김춘삼 병장이 폭행당하고 태극명예훈장을 강탈당한 일을 두고 통탄을 금할 길이 없다. 무엇보다 폭행당했을 때 그를 치료해야 할 의원이 김춘삼 병장의 부모 신분을 거론하며 치료를 거부한 일에 대해서 크게 분노한다. 또한 김춘삼 병장의 옛 모습을 모르고, 지금 어떤 사람인지 제대로 알았다면 그런 일이 있었을까 라는 생각을 한다.

만민에게 알린다. 본인은 김춘삼 병장이 몸으로 지켜준 덕분에 죽을 위기에서 벗어났다. 반면 김춘삼 병장은 어깨를 크게 다쳤다.

김춘삼 병장의 부친은 소위 백정이라 불리는 사람이었고

양구 일대에서 그를 모르는 이가 아무도 없었으니, 태극명예훈장 수여자는 백정의 자식이라는 이유로 양구에서 손가락질 받고 업신여김을 받았다.

금번에 폭행을 당해 그 부상이 도져 사경을 헤맸으니, 이같은 일을 저지르는 백성들의 나라가 강국은 무슨 강국인가? 조선에 반상의 구분이 없어진지 7년이 되었는데도 아직도 반상 구분을 하며 국익을 해하고 국민을 가르는 만행을 저지르니 단언컨대 이 같은 편견이 계속 유지되면 나라는 언젠가 뒤엎어져서 반드시 망할 것이다.

호랑이 아래에 개자식이 나올 수 있고, 개 아래에 호랑이 자식이 나올 수 있으니, 만민은 자식을 바로 교육할 것이며, 스스로를 끊임없이 돌아보라.

백정의 자식이 만민을 구한 것을 기억해야 할 것이다.

이번 전쟁에 참전한 자들 중에 부모가 노비였던 자들도 무수하다. 그들이 없었다면 조선은 이미 일본의 식민지가 되었을 것이다.]

이척이 원통함을 담아서 직접 투고한 사설이었다.

그리고 백성들은 이척이 쓴 사설을 보고 김춘삼이 어떤 사람이었는지를 알게 됐다.

백정의 자식이라는 사실이 충격이었다.

그에 관한 이야기를 서로에게 하기 시작했다.

"태극명예훈장 수여자가 백정이었다니……!"

"고기를 써는 천민의 자식이 저하를 지키고 우리를 위해서 싸웠어."

"하긴 반상을 가리지 않고 징집됐으니, 종이었던 병사도 수천 수만명은 될 거야. 어쩌면 장교가 됐을 수도 있어."

백정에 대한 인식이 조금씩 바뀌기 시작했다.

"우리가 먹는 고기도 백정이 없었다면 먹을 수 없었을 거야."

"백정도 조선의 백성이야. 원하지는 않지만 우리 자식도 백정이 될 수 있어. 우리 자식이 비난받지 않으려면 사람에 귀천이 없도록 만들어야 해."

"그래. 맞아."

"옳소."

많은 사람들이 백정을 비롯한 천민에 대한 인식을 바꿔야 한다는 생각을 했다.

일부 양반과 부호 출신 사람들은 그런 편견을 못 지우겠다면서 고집을 피우기도 했지만 이미 대세는 그런 인식을 계속 가질 수 없었다.

편견을 가지고 차별하는 행동이 인품을 떨어트리는 행위로 규정될 수 있는 미래가 열리기 시작했다.

그리고 춘삼의 가문이 세상에 알려지고 더 이상 그를 백정의 자식이라 업신여길 수 없었다.

의식을 차리고 집에서 몸을 회복한지 수 일이 지나서였다.

어느 정도 회복한 춘삼이 방에서 나와 신을 신고 마당으로 나와서 어깨를 조금씩 움직이며 낮 공기를 마셨다.

그리고 꾸러미에 과일을 담은 어머니가 온것을 봤다.

"어머니."

"춘삼아. 괜찮니?"

"예. 많이 좋아졌어요. 그런데 웬 감이예요? 설마 그 집에서……."

"장터에서 사왔다. 조진사로부터 빌린 돈의 이자가 나랏법을 어긴 것이라서 갚지 않아도 된다는 구나. 그래서 보상을 받았고 돈이 넉넉해져서 과일을 사왔다. 먹을 수 있겠니?"

"예. 어머니."

"앉아서 먹자구나."

"예."

가재와 훈장을 강탈당했고 그것으로 대출금을 갚지 않아도 됐기에 관아를 통해 조수연의 집에서 보상을 받았다.

2백원을 지폐를 받고 장터에서 사온 감을 좁은 마루에 앉아 먹기 시작했다. 오른팔을 자유롭게 쓰지 못하는 춘삼을 위해 하빈이 감을 깎아서 줬다.

춘삼이 맛있게 감을 먹었다.

하늘의 높이를 가늠할 수 없을 만큼 날씨가 맑았다.

쌀쌀한 바람이 부는 가운데 춘삼과 하빈이 방에 들어가려고 했다.

그때 담 너머에서 인기척이 일어났다.

춘삼이 발소리가 난 곳을 향해서 물었다.

"뉘십니까?"

담 너머로 갓이 슬쩍 보이고 있었다.

헛기침 소리가 일어나면서 선비 한 사람이 마당으로 들어와 모습을 드러냈다.

그를 하빈이 알아봤다.

"의원님?"

산 너머의 의원이 아닌 양구에 거주하는 의원이었다.

하빈이 춘삼을 살려달라고 애원했을 때 백정의 자식이라 치료를 거부했던 의원이었다.

그가 한양에서 온 신문을 읽고 무거운 마음을 가지고 왔다.

이름이 세상에 알려지지 않았지만 이척이 사설로 거론한 의원이 자신이라는 것을 알았다.

그리고 잘못하면 전쟁 영웅에 대한 치료를 거부한 것으로 처벌 받을 것이라 생각했다.

의원이 춘삼 앞에서 무릎을 꿇고 엎드렸다.

"미… 미안하네…! 나를 포함해 백성들을 위해서 싸워준 것을 모르고 배은망덕한 일을 벌였어. 부디… 용서해주게!"

의원의 사과에 춘삼이 어리둥절했다.

하빈이 춘삼에게 백정의 자식이라는 이유로 치료를 거부

한 사실을 알렸다.

그리고 춘삼은 고개를 끄덕이면서 무슨 일이 있었는지 이해했다.

의원의 앞으로 가서 말했다.

"일어서십시오."

"용서해 주는 것인가?"

"그 용서… 제가 하는 것이 아닙니다."

"……?"

"앞으로 사람의 귀천을 따지지 말고 많은 병자를 고쳐주십시오. 그리고 스스로에게 용서하기 바랍니다. 의원님을 용서할 사람은 바로 의원님입니다."

사명을 마다한 자신에게 잘못을 물으라는 춘삼의 말이 뼈아팠다.

그 말을 듣고 의원이 눈물을 흘리면서 춘삼에게 고맙다는 말을 전하고 마당에서 물러났다.

그리고 춘삼은 어머니와 함께 방으로 들어갔다.

더 이상 두 사람을 백정의 자식과 처라고 비하하지 않았다. 그저 나라를 구한 영웅과 영웅의 어머니로 여김을 받았다.

조수연은 15년형의 징역을 받았고 다복은 35년 형을, 그의 무리는 20년 형의 징역을 받았다.

그에 관한 이야기가 한양에 전해졌다.

"이제 천민에 대한 백성들의 편견도 달라지겠군요."

"그렇소. 달라져야 하오. 그리고 내가 본 천민은 이 나라에서 누구보다 능력 있고 귀한 백성이었소. 특히 참전한 장병의 권위는 더욱 높여져야 하오. 그래서 전우회를 만들까 하오."

세자빈과 함께 대궐 후원을 걸으면서 이야기를 나눴다.

이척이 없는 동안 세자빈 민씨는 불안과 걱정 속에서 시간을 보내다 전장에서 당당히 돌아온 지아비를 만나고 꿈같은 시간을 보내고 있었다.

오래보지 못했기에 애틋함이 있었다.

때문에 이척이 대궐에 있는 한 함께 걷고 함께 식사하고 차를 마시는 시간을 보냈다.

이척의 생각과 개인적인 바람을 들으면서 그가 진정으로 자신의 지아비라는 것을 실감하게 됐다.

왕자와 그의 비이기 이전에 여느 백성들과 같은 부부의 느낌을 받았다. 그렇게 후원을 산책하면서 시간을 보내다가 동궁인 자선당으로 향했다.

궐내 길을 걷다가 급히 북쪽을 향해서 걸어가는 김인석과 이범진을 봤다.

두 사람이 이척을 발견해서 목례했다.

이척이 물었다.

"전하께 가시오?"

"예. 저하."

"그런데 외부대신의 표정이 좋지 않소. 뭔가 긴급한 소

198

식인 것이오?"

이척의 물음에 이범진이 대답했다.

"다급한 소식이기에 이 자리에서 말씀 드릴 수 없습니다. 전하께 먼저 알려드려야 합니다."

그 말을 듣고 이척이 고개를 끄덕였다.

그리고 김인석에게 물었다.

"협길당으로 가시오?"

"예. 저하."

"아바마마와 함께 들을 수 있는 이야기요?"

"전하의 윤허가 있다면 전하께서 들으셔도 무방합니다."

"알겠소. 잠시 기다리시오."

세자빈에게 미리 자선당으로 가 있으라고 이척이 말했다.

"먼저 가 있으시오."

"예. 저하."

그리고 협길당을 향해서 걸음을 옮겼다.

"가오."

"예."

이척이 앞장서서 걸었다.

그 뒤로 이범진과 김인석이 근위대의 호위를 받으면서 갔다. 세 사람이 협길당에 들어서서 이희에게 인사했다.

자리에 앉자마자 이범진이 이희에게 외부로 온 긴급한

소식을 알려줬다.

영국 공사관을 통해서 영국 정부의 요구가 전해졌다.

그 요구를 받은 이희가 기막혀 하는 표정을 지었다.

"구주를 영길리에 넘겨주길 원한다?"

김인석이 이희에게 말했다.

"영국이 우리에게 함대를 파견했다는 구실입니다. 그것 외에 다른 나라의 요구 사항도 전해졌습니다."

"어떤 요구를 말인가?"

"한 일식 소총과 한 이식 기관총, 천둥 일식의 생산을 중단하라는 요구입니다. 그들 무기가 서양의 마우저 소총, 맥심 기관총, M1897 야전포인 만큼, 조선에서 생산하는 것은 무허가 생산이라는 논리입니다. 계속 생산을 벌일 경우 무기 탈취로 간주하고 적국의 행위로 규정하겠다고 합니다."

다시 이범진이 말했다.

"열강의 견제가 시작되었습니다. 일본을 이긴 우리를 상대로 발목잡기에 나섰습니다. 지혜롭고 영명한 처결이 필요합니다. 전하."

열강이 조선을 경계하기 시작했다.

그것은 곧 조선이 열강이 되었음을 인정하는 것이다.

만국의 눈과 귀가 조선에 쏠려 있었다.

새로운 농사를 짓다

영국이 구주를 요구했다.

이희가 김인석에게 영국의 의도에 대해서 물었다.

"어째서 놈들이 구주만을 원하는가?"

그 물음에 김인석이 대답했다.

"전략적 요충지이기 때문입니다."

"전략적 요충지?"

"구주에서 사세보라 불리는 좌세보는 예로부터 함대가 주둔하기에 부족함이 없는 군항입니다. 영국이 구주를 식민지로 삼으면 좌세보에 함대를 주둔시키고 동양에서 영향력을 행사할 수 있습니다. 우리와 아라사의 남진을 막을 수 있고 구주에 육군을 주둔시키면 동진해서 명분으로 취하지 못한 일본을 공격할 수 있습니다. 구주에서 미국의 영향력 발휘를 막을 수 있습니다. 사방의 공격과 방어가 용이한 곳이 바로 구주입니다."

"그래서 유구나 대만이 아니라 구주를 요구한 것이군."

"구주를 준다면 일본을 식민지배해도 간섭하지 않겠다는 뜻을 전했습니다."

함대를 파견했다는 논리로 최대한의 이득을 얻겠다는 심산이었다.

그리고 얻을 수 없는 이익에 관해선 일절 관계하지 않고 신경 쓰지 않으려고 했다.

그러한 영국 정부의 의도가 김인석과 이희에게 읽혔다.

이희가 일본에 대한 식민 지배에 대해서 다시 뜻을 세웠다.

"과인이 식민지를 두지 않고 조선의 개화를 이루는 데에 동의하겠다고 했지."

"예. 전하."

"그것을 계속 견지해나갈 것이다. 조선은 일본을 식민지배하지 않을 것이며, 구주 또한 영국에 넘겨주지 않을 것이다. 그들은 우리에게 뭔가를 요구할 수 있는 권리가 없다. 이를 염두에 두고 외교 전략을 세우라."

"예. 전하."

어떤 수로 영국의 요구를 되돌릴지 고민했다.

기축 통화인 파운드화를 앞세운 최강대국 영국을 통하지 않고는 무역을 이룰 수 없었다.

세상의 바다를 차지한 데다가 온 경도에 식민지가 위치해 있으니 그야말로 해가 지지 않는 나라였다.

그에 관해 생각할 때 외부에서 온 관리가 협길당으로 들어왔다.

관리가 이희에게 인사를 하고 급히 이범진에게 보고했다.

그를 지켜보고 있던 이희가 물었다.

"무슨 일인가?"

"미국 공사인 안련이 외부에 찾아왔다 합니다."

"안련이?"

"예, 전하."

"과인이 아니라 외부를 찾았다면 미리견 정부를 대신하는 일이겠군."

"그럴 것이라 생각합니다."

"일단 영길리에 바로 답하지 않고 안련을 만나고 오라. 그가 무슨 이야기를 하는지 과인이 알고자 한다. 아마도 영국이 전하는 요구를 안련도 들었을 것이라고 본다."

"예, 전하. 신, 물러났다 알현하겠나이다."

명을 받고 이범진이 몸을 일으켰다.

그와 함께 김인석도 자리에서 일어났고 알렌이 조정에 무엇을 말하려는지 알고자 했다.

협길당에는 이희와 이척이 남았다.

차를 마시다가 이희가 세자에게 물었다.

"세자."

"예. 아바마마."

"너는 어찌했으면 좋겠느냐?"

영국이 전한 요구에 관한 질문이었다.

그 물음에 이척이 대답했다.

"소자, 일본에 가 있는 특무대신… 아니, 부총리대신을 비롯한 천군에 속한 사람들이라면 아바마마께 어떤 대답을 드렸을까 하며 생각했습니다. 부총리대신이 있을 때 하문하셨다면 아마 이렇게 답을 드렸을 것 같습니다."

"어떻게?"

"미리견을 이용하는 것입니다. 세상에서 영길리를 견제할 수 있는 나라는 미리견 뿐입니다. 소자는 그렇게 생각합니다."

이척이 말한 대로 행할 것이라고 생각했다.

이범진은 조선 최고의 외교 달인이었고, 김인석은 미래에서 온 후손이자 지혜와 혜안을 겸비한 자였다.

그리고 일본에 있는 장성호와 미국에 있는 유성한도 마찬가지의 생각을 할 것이라 생각했다.

처음부터 미국을 이용해서 국력과 국위를 높이려고 했다.

외부 관아에서 이범진이 알렌을 만났다.

알렌의 요구로 응접실을 비우고 사람들을 물러나게 만들었다.

그리고 독대하며 미국 정부의 요구를 전했다.

그 요구는 일방적인 요구가 아니었다.

"몇 년 전에 스페인과 우리가 전쟁을 치렀고, 그 전쟁에서 이겨 지금 필리핀을 할양받아 통치하고 있는 것을 알 것이라 생각하오. 우리는 필리핀을 독립시킬 것이오. 그러나 독립된 정부가 반미 정부여서는 안 되니, 당분간 군정을 벌이면서 친미 인사들을 길러내고자 하오. 그러기 위해서는 세계에 공표한 독립일을 뒤로 물려야 하오. 이런 우리 정부의 입장을 조선은 이해해주겠소?"

"물론이오."

"허면, 우리의 필리핀 군정에 지지해준다는 것을 조선 정부 차원에서 공표해주시오. 그렇게 해주면 우리는 일본에 대한 조선의 식민 지배에 관해 지지를 공표하겠소. 이 거래에 대해서 어찌 생각하오?"

제안을 받고 이범진이 커피를 마셨다.

그리고 알렌에게 말했다.

"조건을 바꾸겠소."

"어떻게 말이오?"

"우리는 미국의 필리핀 군정을 인정하고 지지하겠소. 대신, 미국 정부에서는 우리의 구주 통치를 지지하고, 대만과 유구의 독립, 나머지 일본 영토에 우리의 군정과 군정이후 일본의 독립을 지지 공표해주시오. 어떻소?"

이범진의 제안을 받고 알렌이 미소를 지었다.

"영국이 조선에 큐슈를 내놓으라 한 것으로 아는데 우릴 통해서 막겠다는 것이오?"

알렌이 조선의 의도를 알고서 답했다.

그리고 이범진이 알렌을 설득했다.

"부정하지 않겠소. 하지만 이것은 미국의 국익에도 달린 일이오."

"어째서?"

"지도를 보면 알겠지만 구주가 영국의 식민지가 되면 동양 한복판을 영국이 차지하게 되는 거요. 동서남북을 견제할 수 있고 우리를 통해 동양의 시장 진출을 원하는 미국 정부의 전략도 막히게 되오. 참고로 구주엔 질 좋은 석탄이 묻혀 있는 것으로 아오. 그리고 예로부터 해상 교역이 활발했던 곳이니, 영국이 공장을 세우면 동양 사방으로 물건을 팔 수 있소. 그것은 미국이 우리를 통해 해야 하지 않겠소?"

"……."

"무엇보다 영국을 막아야 할 명분이 미국뿐 아니라 만국에 있소. 놈들은 일본과 교전을 치러본 적도 없으면서 그저 함대 파견 조치를 내렸다는 이유로 막대한 땅을 요구하고 있소. 세상에 그같은 억지가 또 어디에 있소? 영국이 그런 요구를 할 수 있는 명분은 어디에도 없소. 이처럼 정의가 우리와 함께하고 있고, 국익도 달린 일인데 무언들 못하겠소. 미국 정부는 영국의 야욕을 분쇄하고 우리와 함께해야 할 것이오."

이범진의 주장을 듣고 알렌이 생각하다가 고개를 끄덕였다.

그리고 나랏일에 자신의 생각을 더했다.

'큐슈에 석탄이 묻혀 있다니, 그게 사실이면 나도 한몫 챙길 수 있겠어.'

조선을 도와준 대가로 자신을 위한 이익을 챙길 수 있을 것이라고 생각했다.

그러면서 이범진의 제안을 받아들이기로 했다.

"좋소. 조선의 제안을 받아들이겠소. 그런데 묻고 싶은 것이 있소."

제안을 받아들이고 알렌이 이범진에게 물었다.

"어째서 일본을 식민 지배하지 않는 것이오? 정말로 군정 후에 독립시켜줄 생각이오?"

알렌의 물음에 이범진이 고개를 끄덕이면서 대답했다.

"물론이오. 우리는 절대 일본을 식민 지배하지 않을 거요. 그렇게 하지 않고도 국부를 이루고 국민이 잘 살 수 있다는 것을 세상에 보여줄 것이오. 그것이 조선의 원대한 꿈이오."

"……"

"우리가 가진 꿈에 대해서 안련 공사는 어떻게 생각하시오?"

이범진이 조선이 세운 이상을 알렌에게 말했다.

그 말을 들은 알렌은 다시 한번 미소를 지었다.

그 미소 안에 많은 의미가 담겨 있었다.

"존중하오. 진정으로 그렇게 될 수 있기를 바라오."

알렌은 조선이 세운 이상이 참으로 헛된 이상이라고 생각했다.

그래서 잘못된 것이라 생각했고, 이룰 수 없는 이상이라고 생각했다.

알렌과 협의를 이룬 이범진이 결과를 내고 총리부의 김인석에게 알렸다.

그리고 함께 협길당으로 향했다.

이범진의 보고를 받은 이희는 고개를 끄덕이면서 영국의 요구를 거부하라고 지시했다.

이후 한양 영국 공사관으로 조선 조정의 뜻이 전해지고, 전권 공사인 조던이 구주를 내놓지 않겠다는 뜻에 분노했다.

조선의 영국의 국위를 무시했다고 생각했다.

"배은망덕한 놈들! 우리가 도와준 것을 모르고 이렇게 배신하다니! 당장 조선왕을 만날 것이다!"

공사관원을 통해 조선 궁내부에 이희를 만나겠다는 뜻을 전했다.

그리고 답변을 들었다.

"왕이 만나지 않겠다고 합니다."

"뭣이?"

"조선의 법도와 세계의 법도를 따르라면서 조선 정부의 외부대신을 만나……."

"일본을 이겼다고 이리 건방지게 되다니! 좋다! 외부대신을 만나 다시 우리의 요구를 전할 것이다! 당장 출타 준비를 하라!"

"예. 공사."

급히 외부 관아로 향해 이범진을 만났다.

그리고 응접실에서 형식적인 악수를 한 뒤 곧바로 영국 정부의 요구를 다시 전했다.

나름대로의 이유를 들면서 조던이 이범진에게 말했다.

"런던으로부터 조선까지 거리가 얼마나 되는지 아시오?"

"알고 있소."

"지구본을 놓고 보면 무려 세상 반대편에 있는 것이 런던과 조선의 거리요. 그런 우리 대영제국이 조선을 지키기 위해 함대를 파견했소. 일본을 상대로 선전포고를 했고, 우리 나름대로 승전국으로서의 보상을 얻어야 하지 않겠소? 그래서 조선 정부에 큐슈를 요구한 것이오. 혼슈가 아닌 큐슈를 말이오. 그것이 과한 요구요?"

조던의 주장에 이범진이 고개를 끄덕였다.

"과한 요구가 맞소."

"뭐요?"

"곰곰이 생각해보시오. 우리가 일본을 상대로 전쟁을 치를 때, 위기라 할 수 있었던 초전에 영국은 무엇을 하고 있었소? 그 후에 우리가 해전에서 승리하고 연전연승을 할 때도 무엇을 하고 있었소? 군수품을 지원하겠다면서 우리에게 다른 것을 요구하지 않았소? 그것은 지원이 아니라 거래라는 것이오. 그리고 거의 다 이겼을 때 참전을 알리고 우리가 핏값으로 이룬 것을 가져가려 했으니 반발하고 거부하는 것이 당연하지 않겠소? 만약에 영국이 우리 입장이었다면 순순히 구주를 내놓았겠소?"

이범진의 주장에 조던이 이를 물었다가 인상을 풀고 말했다.

"그래도 선의와 우의라는 것이 있지 않소. 큐슈를 우리에게 할양함으로써 조선이 우리의 혈맹이라는 것을 세상에 알릴 수 있소."

"바보라면 그런 희망을 안고 영토를 넘기겠지."

"……."

"우린 바보가 아니오. 영국이 큐슈를 가져가서 무엇을 하려는지도 알고 있소. 그러니 없는 명분을 억지로 만들어서 영국의 국위를 낮추지 마시오. 그동안 해적 같은 짓을 벌였으면 이제는 진정으로 존경 받는 나라가 되어야 하지 않겠소? 큐슈를 가져가서 다시 야만적인 나라로 돌아갈까 봐 걱정이오."

"……."

"영토를 절대 넘길 수 없으니 돌아가시오."

영국의 자존심을 건드리는 말을 듣고 조던이 이범진에게 경고했다.

"언젠가 이 순간을 후회하면서 통곡하는 순간이 오게 될 거요."

"그럴 일은 없소."

마지막까지 이범진은 지지 않고 말했다.

온 얼굴이 일그러진 조던이 그의 응접실에서 몸을 돌려 빠져나갔다.

그리고 이범진이 한 말을 곱씹었다.

'해적이라고?! 미개한 동양 원숭이 따위가!'

외부 관아에서 나온 뒤 공사관으로 돌아와서 본국에 연락을 보내려고 했다.

씩씩거리면서 집무실 책상을 조던이 주먹으로 내리쳤다.

"감히 대영제국을 이리 모욕하다니! 이놈들이 자기네들 나라가 제국인 줄 착각하는군! 소총 하나도 제대로 못 만드는 것들이!"

조던이 화를 내는 모습을 공사관원들이 지켜봤다. 그때 밖의 정보를 모으던 관원이 와서 영사에게 보고문을 넘기고 그를 놀라게 했다.

영사가 들어와 조던에게 긴급한 보고를 전했다.

"공사."

"뭔가?!"

"미국 공사관에서 공표를 했다 합니다."

"무슨 공표?! 그놈들이 지금 우리와 무슨 상관이야?!"

"상관이 있습니다."

"뭐?!"

"미국이 조선의 큐슈 주권 주장과 대만 유구의 독립, 그 외 일본 영토에 대한 조선의 군정과 차후 독립을 지지한다고 합니다."

"……?!"

"필리핀에 대한 미국의 군정을 조선이 인정한다고 외부에서 공표했다 합니다."

미국 공사관의 공표에 이어 조선 정부의 공표가 함께 알려졌다.

영사의 보고를 듣고 조던이 황당한 표정을 지었다.

그리고 이내 두 나라 사이에서 어떤 일이 있었는지 짐작하게 됐다.

무게의 추가 기울어지고 있었다.

"조선과 미국이 작당했군! 이놈들이 자기들 나라의 국익을 위해서 서로의 입장을 지지했어!"

"비난 공표를 준비합니까? 이대로 라면 조선으로부터 큐슈를 받을 수 없게 되어서……."

"큭……!"

214

조선을 상대하는 일은 쉬운 일이라 생각했다.

그러나 미국이 껴 있는 상태에서는 함부로 두 나라를 동시에 상대할 수 없었다.

넓은 영토와 막대한 자원을 지니면서 영국에 버금가는 해군 함대를 구축할 수 있는 나라가 미국이었다.

그런 미국을 조던은 절대 얕보지 않았다.

주먹을 쥐면서 고심을 하다가 그가 할 수 있는 최선의 길을 택했다.

"본국에 전하고 어떻게 할지 조치를 전해 받는다. 이를 준비하라."

"예. 공사."

런던에서 내리는 결정을 따르고자 했다.

그리고 영국 공사관의 움직임을 조선의 외부와 정보국에서 파악했다.

더 이상 구주를 내놓으라는 요구가 정부에 전해지지 않았다.

이범진과 김인석이 협길당을 찾아서 이희에게 보고했다.

그리고 보고를 받은 이희는 매우 만족했다.

"미리견을 영길리가 만만하게 여기지 않는군."

"스페인을 꺾은 뒤로 미리견을 만만히 여기는 서양 열강은 어디에도 없습니다. 런던에 보고를 전하고 지시를 받아 행하고자 한다면 때는 늦을 겁니다. 밥을 지을 때 뜸을 적당히 들여야 하는데 오래 들이면 망하는 법입니다. 이것으로 구주는 우리 영토입니다."

이범진의 말을 듣고 이희가 고개를 끄덕였다.

곁에서 이척이 듣고 있었고, 그는 영토 문제 외에 다른 문제가 남아 있음을 알려줬다.

그것은 어쩌면 영토 주권보다 더 중요한 문제일 수 있었다.

"영국이 우리 무기의 생산권에 관해서 문제를 건 것으로 기억하오. 영국뿐 아니라 덕국, 불란서까지 말이오. 앞으로 그 무기들을 계속 생산하면 무기 탈취로 간주하고 조선을 적국이라 규정하겠다는데, 이 문제에 관해서는 어떻게 해결할 것이오? 나는 전장에서 그 무기의 위력을 체감했던 사람이오."

이척의 물음에 이희가 김인석을 쳐다봤다.

"어찌 생각하나?"

그리고 김인석이 자신 있게 이희에게 말했다.

"독자 개발해서 생산하면 누구도 뭐라 할 수 없습니다. 이미 큰 전쟁을 치렀고 아군 전력이 세상에 알려진 상태입니다. 앞으로도 계속 조선을 노리는 나라와 적국이 나타날 텐데, 그들을 이기려면 그들보다 강하고 예상 못한 신무기를 보유하고 있어야 합니다. 그리고 이제 조선은 그럴 수 있습니다."

"공업력을 가지고 있기 때문인가?"

"예. 전하. 그동안 조선이 독자적으로 무기를 개발하고 생산할 수 없었던 것은 제철소와 같은 산업력이 없었기 때문입니다. 하지만 지금은 다릅니다. 제철소와 제련 시설을 보유하고 있고, 비록 많은 설비를 미국에서 들이기는 하지만 신무기를 개발하는 데에 무리가 없습니다. 문제가 되는 것은 한 일식 소총, 한 이식 기관총, 천둥 일식 야포입니다. 이 세 무기를 뛰어넘을 수 있는 무기를 만들 수 있습니다. 전하께서 명을 내리신다면 신이 이 무기들을 개발하겠습니다."

김인석의 대답에 이희가 고개를 끄덕였다.

그리고 어떤 무기가 개발될지 기대하면서 김인석에게 어명을 내렸다.

"부총리는 총리와 각 부 대신과 논의해서 조선을 지킬 새로운 무기를 개발하라."

"어명을 받들겠습니다. 전하."

조선에서 만들 수 있으면서 시대를 뛰어넘는 신무기를 개발코자 했다.

그리고 더 뛰어난 무기를 만들기 위해 조선의 공업력을 획기적으로 늘리고자 했다.

집에서 김인석이 성한과 통신기로 통화했다.

성한이 조선에서 일어난 일들을 알게 되었다.

─영국이 큐슈를 내놓으라 했군요. 하지만 미국이 일본 대신 우리와 좋은 관계를 맺고 있어서 다행입니다.

"카츠라 태프트 밀약 대신, 이범진 알렌 밀약이 대신했습니다. 물론 일본을 우리가 식민 지배하진 않을 겁니다. 조선엔 큐슈와 군함도만 있으면 됩니다."

—징용이 아닌 정식 노동자를 고용하겠군요.

"예. 일하길 원하는 노동자로 말입니다. 그리고 징역을 반으로 줄이는 조건으로 노역형을 따로 만드는 것에 대해서도 논의 중입니다. 죄인이 나라를 위해서 일할 수 있으니 그리 나쁜 조건은 아닙니다. 절반의 임금도 받을 수 있습니다."

—모아서 출소하면 큰돈이 되겠군요.

"제대로 반성했다면 재기하는 데에 크게 쓰일 겁니다."

2차 세계 대전 시기에 군함도라 불리는 큐슈의 작은 섬이 있었고, 일본이 조선인을 강제 징용해 석탄 채굴을 벌였다.

그것은 명백한 전쟁 범죄였고, 그 범죄의 역사가 지워졌다.

군함도는 일본이 아닌 조선의 영토가 됐다.

그리고 조선의 산업 발전을 위해서 크게 쓰이려 했다.

강제 징용이 아닌, 험한 광산에서 노동의 대가를 이룰 수 있는 방도를 찾고 있었다.

그러한 이야기를 듣고 성한이 묵음으로 동의했다.

그리고 서양이 제지한 무기 생산에 관한 이야기를 나눴다.

어떤 시대의 어떤 무기를 선택할지 논의했다.

—있었던 무기를 그대로 만드는 것이 나을 것 같습니다.

"동의합니다."

—어떤 무기가 나을까요? 서양이 지적한 무기는 소총과 기관총, 야포인 것으로 아는데 조선에서 만들 수 있는 무기가 되어야 할 것 같습니다.

김인석이 생각하다가 성한에게 말했다.

"신무기라면, M1개런드 소총을 비롯한 2차 세계 대전 시기의 무기가 나을 것 같습니다. 그 시대의 무기만 해도 지금 시대에서는 과한 무기입니다. 확정되면 알려드리겠습니다."

—조선의 공업력이 많이 올라왔지만 기술이 부족하다면 얼마든지 돕겠습니다.

"감사합니다."

미래에서는 과거의 무기였지만 과거에서는 신무기일 수밖에 없는 시대를 뛰어넘는 무기를 만들려 했다.

그리고 그 무기를 만드는 데에 있어서 성한이 돕겠다고 말했다.

이어 일본에 가 있는 장성호의 안부를 성한이 물었다.

—부장님은 잘 계신지요?

"건강합니다. 총독이 된 2군단장을 도와 일본에서 군정을 벌이고 있습니다."

—일본 국민에게 반감을 심어줘선 안 됩니다.

"유념하고 있습니다. 그렇게 할 수 있는 좋은 방법을 찾고 있습니다. 혹 일본 정치인들의 날조를 밝히는 일 외에 좋은 생각을 갖고 계십니까?"

군정을 벌이는 일본 국민들의 민심을 안정시키는 방법을 김인석이 물었다.

그리고 유성한이 대답했다.

—배급이나 치료도 치료지만 가장 좋은 것은 일하는 것입니다.

"일하는 것……."

—사람은 일하면서 성취를 얻었을 때 보람을 느낍니다. 특히 보통 사람은 소유하고 싶은 것을 일함으로써 구했을 때 가장 기뻐합니다. 일자리와 높은 임금만큼 민심을 얻기에 좋은 것이 없습니다. 부장님께 말씀을 전해주시면 알아서 하시리라 생각합니다. 그리고 전하께도 말씀드려 주십시오.

"알겠습니다."

—일본에 가 있는 부장님에게도 안부를 잘 전해주십시오.

"예."

—이만, 교신을 끝내겠습니다.

성한과의 교신이 끝났다.

앞으로 할 일에 대해서 이야기하고 내일을 기대하게 됐다.

세상이 조선을 시기하고 있었지만 능히 이겨낼 수 있다고 믿었다.

"이제야 시작이군…….

밤에 두 다리 뻗고 잠을 이뤘고, 새벽에 일어나 몸 풀기를 한 뒤 아침에 조정으로 나섰다.

대궐에서 조례를 치른 뒤 총리부로 향해 부총리로서의 업무를 보기 시작했다.

일본에서 들어온 소식이 있었다.

김인석 앞에 현흥택이 있었다.

그는 군부대신이었다.

"특무대신이 전해온 보고가 있습니다."

"어떤 보고입니까?"

"이제 곧 전쟁범죄 재판을 치를 것이라고 합니다. 죄인들을 추포하고 증거와 증언이 상당수 모였습니다."

정조론을 대세로 만들었던 뿌리를 지우려고 했다.

그리고 그 뿌리는 일본 백성들 사이에 강하게 내려앉아 있었다.

그 뿌리를 뽑고 새로운 농사를 지으려고 했다.

* * *

농사를 짓기 전에 논과 밭을 비우는 작업이 필요했다.

그리고 그 작업은 불을 질러서 남은 벼의 밑단을 태우고 거름으로 만드는 것이다.

정조론을 일으키고 관련된 모든 자들을 벌하려고 했다.

전쟁범죄 재판소가 개소되고 검찰총장이었던 이준이 소장을 맡았다.

그리고 그가 수사를 진두지휘하면서 조선군 헌병대와 일본 경시청을 동원해 죄인들을 추포했다.

오래된 무사의 집 같은 저택이었다.

그 안에 소총으로 무장한 조선군 헌병대가 들이닥치니 백발 가득한 노인 한 사람이 강제로 끌려나왔다.

그의 이름은 '소에지마 타네오미'였다.

소에지마의 가족이 나와 헌병대에게 애원했다.

"아무 힘도 없는 늙은이입니다! 그런데 무엇 때문에 저의 아버지를 체포합니까?! 풀어주십시오!"

"비켜!"

"제발……!"

소에지마의 삼남이 헌병이 무서운 줄 모르고 몸싸움을 일으켰다.

이에 소총 견착대에 맞고 쓰러지자 소에지마가 놀라서 크게 소리쳤다.

"미치마사!"

"아버지……!"

삼남인 미치마사가 이마에 피를 흘리며 소리쳤다.

다시 아버지를 구하기 위해 헌병대에게 달려들려고 할

때 일본어에 능통한 조선군 장교가 앞으로 나섰다.

그가 미치마사에게 말했다.

"힘없는 늙은이가 아니라 죄인이다."

"제 아버지에게 무슨 죄가 있습니까?!"

"조선을 정벌해야 된다고 주장한 죄!"

"……?!"

"이 전쟁이 어떻게 일어났는지 그 근원이 네 아버지와 무리들에게 있는데, 백계를 위해서라도 네 아버지의 죄를 밝히고 처벌할 것이다. 일본 국민을 어떻게 이용하고 농락했는지 말이야. 네 아버지는 조선과 일본, 양국의 국적이다."

헌병 장교의 이야기에 미치마사가 어떤 말도 하지 못했다.

그 또한 자신의 아버지가 어떤 사람인지 알고 있었다.

그리고 끌려가는 것을 지켜볼 수밖에 없었다.

"압송하라!"

"예!"

조선군 헌병대에 의해서 소에지마가 끌려갔다.

그의 범죄 사실을 밝히기 위해 소에지마는 전쟁범죄진상조사 위원회로 끌려가 취조실에서 수사를 받기 시작했다.

공정성을 위해 일본 사법부에 속한 검사와 조선에서 파견된 검사가 함께 취조하면서 수사했다.

조선인 검사의 이름은 함태영이었다.

그가 역관을 통해 소에지마에게 말했다.

손에 한문으로 쓰인 종이가 있었다.

"이 각서. 기억나는가?"

"……."

"기억나겠지. 왜냐하면 일본의 무사 정신을 유지하기 위해 조선 정벌이 필요하다고 직접 말하면서 서명했으니까. 대답하기 싫으면 하지 않아도 돼. 증언은 이미 많아."

함태영의 이야기를 듣고 소에지마가 핏발 선 눈으로 그를 노려봤다.

"조선이 흥할 것이라고 보는가?"

"그러면 흥하지 않을 것이라고 보나?"

"너희들이 우리 일본을 이겼다 하더라도 끝내 서양에게 패해 나락으로 떨어질 것이다. 조선 백성은 노예처럼 살 것이고 여인들은 겁간을 당해 그 후손이 누구의 자식인지 알지 못하게 될 것이다. 두고 보라."

반발하며 저주를 퍼붓기를 원했다.

그런 소에지마에게 함태영이 한숨을 쉬면서 말했다.

그의 이야기를 일본 검사와 조선군 헌병이 듣고 있었다.

"네놈들의 방식을 우리에게 요구하지 마라. 조선은 홀로 흥하지 않을 것이다. 이웃 나라들과 함께 우의를 도모할 것이며, 서양과도 화합할 것이다. 불의 앞에서는 당연히 싸워야 하겠지. 그러나 그렇게 하지 않을 수 있다면 마땅히 그 길을 걸을 것이다. 때문에 서양에게 패할 일도 없다.

너희가 보지 못한 길을 우리 전하와 만민이 걸을 것이다. 일본 국민들과 함께 말이야. 네놈은 네놈 수준에서 머무르고 싶다면 그리하라."

"감히…! 조선인 따위가……!"

"취조를 마쳤으니 피의자를 끌고 가십시오."

"이리 일본을 욕보이고 무사할 줄 아는가?! 조선인! 아악……!"

팔순을 보고 있는 힘없는 노인이었다.

그러나 그 순간만큼은 어디에서 그런 힘과 정력이 나오는지 알 수 없었다.

발버둥질하는 소에지마가 취조실에서 끌려 나갔다.

이후로도 계속 조사가 이뤄지다가 조일 양국 신문사 기자들이 모인 가운데서 공판을 치르게 됐다.

공정과 객관을 위해 미국과 영국을 비롯한 나라의 기자들도 재판을 지켜봤다.

일본인 판사가 단상 중앙의 재판장석에 앉은 가운데, 양 옆을 조선인 판사와 일본인 판사가 보좌했고 피고석에 소에지마가 앉아 있었다.

그리고 일본인 재판장이 증거와 증인을 종합해 판결을 내리기 시작했다.

세상 사람들이 주목하면서 지켜보고 있었다.

"주문. 피고 소에지마 타네오미는 일본의 무사 정신을 지키기 위해 조선을 정벌해야 된다는 정조론에 적극 동참

했으며, 그 증거가 명백하고 증인의 증언 또한 명백하다. 이는 조선과 일본의 전쟁을 부르는 원인이 되었다. 조선의 왕후와 군주에 대한 암살 시도가 직접적으로 벌어졌던 바, 피고 소에지마 타네오미의 혐의는 명백하다. 피고는 전쟁 범죄의 규정을 피할 길이 없다. 따라서 피고의 혐의를 유죄로 판결하며 가석방 없는 20년 징역형을 선고한다."

선고가 떨어지자 사람들 사이에서 탄식과 탄성이 일시에 터져나왔다.

소에지마는 눈을 감으면서 자신이 감옥 안에서 최후를 맞게 될 것이라고 생각했다.

그리고 그의 가족은 비탄에 잠겨 슬퍼했다.

헌병이 소에지마를 끌고 나갔다.

그리고 공판을 지켜본 기자들이 기사를 쓰기 시작했다.

동경의 신문사가 발행한 신문을 일본인들이 구입해서 읽었다.

죄인들의 전쟁 범죄가 밝혀지고, 일본인들의 분노가 죄인들에게로 향하기 시작했다.

글을 아는 한 여인이 길바닥에 주저앉았다.

그녀는 전쟁으로 두 자식을 잃은 노파였다.

신문을 던지고 오열하면서 죽은 자들에게 저주를 퍼부었다.

"내 아들을 살려내라! 이것들아! 어떻게 우릴 속이고 그런 망동을 저지를 수 있단 말이냐! 야마가타 개자식 놈아!

흐흐흑…! 흑흑…! 지옥 불에 다시 타 죽어도 부족할 놈들
아……!"

오열하는 노파를 사람들이 지켜보고 있었다.

그리고 그녀와 마찬가지로 다른 일본인들도 분노했다.

그들의 반응은 거의 같았다.

"망할 사기꾼 놈들!"

"완전히 속았어!"

"천황 폐하 어쩌고 하면서 조선을 정벌해야 된다는 놈이
있으면 혀를 끊어버릴 거야! 개자식 놈들 때문에 우리들의
피해가 이만저만이 아니야!"

다시 정치가들에게 속았다는 것을 깨달았다.

그 사실을 알게 된 일본 백성들은 그동안 믿어왔던 자들
에게 가졌던 동정심을 거둬들였다.

그리고 그들의 명예를 지우기 시작했다.

일본의 행정권을 조선 군부가 쥐고 있었다.

2군단장인 윤영렬이 총독이 되어 일본에 대한 군정을 벌
이고 있었다.

치안 유지와 함께 교육의 권한도 그의 손에 들려 있었다.

특무대신인 장성호가 곁에서 돕는 가운데, 교육 정책을
결정하는 문서가 윤영렬이 앉은 집무실 책상 위에 올려졌
다.

훈민정음을 배운 윤영렬이 천천히 문서를 읽었다.

그리고 장성호에게 말했다.

"여기에 수결을 쓰면 일본 백성들에 대한 교육이 시작되는 겁니까?"

"예. 그리고 조선과 일본, 양국의 미래를 닦는 길입니다. 반감은 이등박문과 산현유붕과 같은 국수주의자들에 대한 것으로 충분합니다. 백성들은 서로 우의를 도모해야 됩니다."

장성호의 이야기를 듣고 윤영렬이 고개를 끄덕이면서 문서에 수결을 써넣었다.

그리고 장성호에게 넘겨줬다.

"특무대신께 이 일을 부탁드리겠습니다."

"알겠습니다."

장성호가 문서를 받아들고 총독 집무실에서 빠져나갔다.

그는 곧장 문부성으로 향했다.

문부성에서 새로운 교육 정책에 맞춰서 교과서가 집필되고, 그동안 일본 정부에 억눌려 있던 지식인들이 붓과 펜으로 새로운 미래를 그리기 시작했다.

그리고 그 교과서는 새해에 일본 전역에 뿌려졌다.

1902년이었다.

조선보다 일찍 개화를 이룬 일본의 소학교에 교과서가 보내졌고, 어린 아이들이 교과서를 받아 공부를 하였다.

교과서 첫장에는 조선과 일본의 영토를 표시하는 지도가 그려져 있었다.

기존의 조선 땅에서 대마도와 구주가 조선의 영토로 포함된 지도였다.

조선과 일본 사이의 바다에는 '조선해'라는 이름으로 그 바다가 조선의 것임이 표기되어 있었다.

그리고 울릉도와 독도가 조선의 영토로 표기되어 있었다.

그 외의 열도와 부속도서는 일본 영토로 표기되어 있었고, 일본해는 열도 서북쪽이 아닌 남동쪽에 표기되면서 제자리에 쓰였다.

그러한 지도로 일본 아이들이 올바른 영토관을 배웠다.

교사가 책을 펼쳐들고 학년이 높은 아이들을 가르치고 있었다.

"우리가 조선과 전쟁을 치른 이유는 일본의 정치가가 조선을 계속 식민지로 삼으려 했기 때문이다. 식민지가 무엇인지 아는 생도가 있나?"

"노예처럼 부리는 것이라 들었습니다."

"그리고?"

"식민지를 지배하는 나라가 식민지의 국민이 가진 것을 빼앗는 것이라 들었습니다."

"그럼 일본이 조선의 것을 빼앗으려 했다는 것이 되겠구나. 맞느냐?"

"예. 선생님. 일본의 정치가가 조선의 것을 빼앗으려 했기 때문에 조선이 일본에 전쟁 선포를 한 것으로 압니다."

반에서 공부를 제일 잘하는 아이였다.

아이의 대답을 듣고 교사가 고개를 끄덕이면서 이야기를 덧붙였다.

소학교 생도들이 공부하는 것은 최근에 일어났던 가까운 역사에 대한 것이다.

"정조론이라는 말이 있다. 세상이 약육강식과 같아서 일본이 살아남기 위해 조선과 청나라를 식민지배하고, 국력을 키워서 서양 강국을 상대로 싸워 이기는 것이다. 정조론은 조선을 정벌해서 식민지배하자는 말이다. 그 논리를 세운 것이 우리 정치가들이었다. 그들은 조선을 지키려 한 사람들을 죽이려고 했다. 그중 하나가 조선의 왕비였고, 왕이었다. 그 때문에 전쟁이 일어났고 우리가 졌다. 그러면 누가 큰 잘못을 저질렀고 죄인이겠느냐?"

교사가 물었고 다시 대답했던 아이가 말했다.

"우리 정치가입니까?"

"그렇다."

"이토 공과 야마가타 총리대신입니까?"

"그렇다. 그리고 정조론에 동의한 모든 정치가와 식자, 언론인들이다. 그들이 조선 왕비를 죽이려 했던 일을 포함해서 모든 것을 날조해 조선에 잘못이 있다고 우릴 속였다. 서양을 이기고 싶다면 조선과 함께 힘을 합쳐서 싸우는 것이 정의다. 그러니 너희들은 어리석게 굴지 말고 불의를 택하지 마라. 나라가 망하게 해선 안 된다. 알겠느냐?"

"예."

"다음 시간에는 토요토미 관백의 조선 출병에 대해서 공부할 것이다. 미리 예습해오거라."

"예. 선생님."

군정 때에만 가능한 일이었다.

그리고 일본인들의 여론은 이미 진실을 깨닫고 야마가타와 이토에 관해 부정적인 생각으로 가득 찬 상태였다.

아이들이 장성했을 때 어리석은 생각과 판단으로 망국의 길로 향하지 않게 만들려고 했다.

조선이 일본을 식민지배하지 않고 수시로 10년 군정을 벌이겠다고 공표하는 것만으로도 다행인 일이었다.

다시 실수를 벌이면 일본이 정말로 세상에서 사라질 것이라고 생각했다.

그리고 그중에서도 어리석은 생각을 하는 자는 반드시 있을 수밖에 없었다.

진실이 알려지고 세상 모든 사람들이 아니라고 말해도 자신이 믿는 것만이 진짜라고 여기는 사람들이 있었다.

동경 거리 복판에서 칼을 찬 채 크게 소리치는 사람이 그런 사람이었다.

"우리 신민을 죽인 조선군의 군정을 이리 순순히 따를 수 있는가?! 이토 공과 야마가타 총리대신이 신민을 상대로 거짓말을 한것은 조선의 날조이며, 그것을 믿으면 절대 안

된다! 조선은 원수고 우리는 반드시 조선을 우리 식민지로 삼아야 한다! 지도에서 지워야 한다! 그것을 잊지 말고 반드시……!"

퍽!

"큭……!"

야마가타와 일본 정치가들을 경외하는 야쿠자의 얼굴로 돌이 날아들었다.

그는 피를 흘리며 칼을 뽑아 자신에게 돌을 던진 사람을 찾았다.

그에게 돌 던진 사람은 노파였다.

"너같은 놈 때문에 전쟁이 일어나서 내 아들이 죽었어!"

"변절자년! 죽여 버리겠다!"

퍽!

"큭!"

퍽! 빠악!

"크악!"

이번에는 다른 사람이 돌을 던졌다.

서너 사람이 돌을 던지자 주위에 있던 십여명의 사람들도 함께 돌을 던졌다.

그들은 야쿠자를 혐오했고, 그의 입을 막으려고 했다.

"개같은 놈!"

"조선으로부터 우리가 군정을 받는 이유는 네놈 같은 정치가들이 일본을 통치했기 때문이야!"

"원숭이만도 못한 놈!"

"꺼져버려!"

사람들이 알아서 야쿠자의 행동을 막았다.

그리고 웅크린 채 돌을 맞던 야쿠자는 심히 괴로워하다가 이를 갈면서 고함을 지르고 칼을 휘둘렀다.

놀란 사람들이 뒤로 물러났다.

그리고 야쿠자가 사람들의 틈을 파고들었다.

그가 서슬 퍼런 칼로 부림을 벌이려고 했다.

"매국노 놈들!"

탕!

"크하악……!"

총성이 울려퍼졌다.

허벅지에 총탄을 맞은 야쿠자가 쓰러졌고, 그로부터 도망치던 사람들도 놀라서 움찔했다.

총성이 일어난 곳을 사람들이 쳐다봤다.

그곳에 윤영렬과 그를 돕는 장성호가 있었다.

윤영렬이 들고 있던 소총을 헌병 장교에게 넘겨줬다.

"총을 빌려줘서 고맙네."

"아닙니다."

그리고 헌병에게 떨어트린 칼을 치우고 야쿠자를 포박하라고 지시했다.

야쿠자는 포박을 당하며 발버둥질했고, 그 모습을 장성호가 지켜보고 있었다.

몸에 새겨진 문신을 보고 윤영렬에게 말했다.

"야쿠자인 것 같은데 저놈이 속한 무리에서도 아까 전에 했던 말을 할 겁니다. 어디에 속한 놈인지 확인해서 털어버려야 합니다."

고개를 끄덕이면서 윤영렬이 지시를 내렸다.

"이놈 뒤를 캐서 어디에 속해 있는지 알아보라. 그리고 보고하라."

"예. 각하."

헌병대가 지시를 받고 야쿠자의 뒤를 캐려고 했다.

포박된 그를 끌고 가자 윤영렬이 통역병을 앞세워서 사람들을 안심시켰다.

절대 일본인이라서 총을 쏜게 아니라고 말했다.

"선량한 사람들을 지키기 위해서 어쩔 수 없었소. 그러니 총을 쏜것을 이해해주시오. 그리고 지금처럼 거짓말을 하지 않고, 진짜를 근거로 총독부에 민원을 전한다면 얼마든지 일본 인민의 이야기를 들어주겠소. 그것이 내가 해야 할 일이오."

윤영렬의 이야기가 통역병을 통해서 일본인들에게 전해졌다.

그러자 사람들이 허리를 굽히면서 윤영렬에게 감사의 뜻을 전했다.

그 모습을 보고 장성호가 미소지었다.

새벽에 소총으로 무장한 조선군이 저택을 포위하고 소총

234

을 장전해 조준했다.

장교가 통역병에게 통역을 지시했고, 밤을 흔드는 통역병의 외침이 크게 울려퍼졌다.

그는 당장 문을 열라고 저택 안의 이들에게 크게 외쳤다.

그리고 문이 열리지 않자 장교가 문을 부수라고 지시를 내렸다.

"폭파해!"

"예!"

문 앞에 폭약을 적절하게 놓아 발파 준비를 했다.

거리를 벌린 장병들이 엄폐물 뒤로 몸을 가린 가운데, 도화선에 불을 붙이자 폭약으로 불꽃이 타들어가면서 크게 폭발이 일어났다.

쾅! 하는 소리와 함께 문이 깨지고 안의 상황을 장교가 살폈다.

그리고 병사들을 이끌었다.

"돌입한다!"

"중대장님을 따르라!"

"와아아아~!"

1개 소대가 중대장을 따라 저택 안으로 들어갔다.

그리고 본채 앞에서 칼을 뽑은 채 그들을 기다리는 낭인들을 발견하게 됐다.

그들은 낮에 윤영렬이 쏜 총에 맞은 야쿠자의 동료들이었다.

장병들을 이끌고 들어온 장교가 그들을 향해서 크게 외
쳤다.

그의 이름은 노백린이었다.

"칼 버려! 안 그러면 죽는다!"

군대 앞에서 야쿠자들이 호기롭게 외쳤다.

"웃기지 마라!"

"네놈들이야말로 총을 버려!"

"미개한 조선인!"

다시 노백린이 크게 외쳤다.

"마지막 경고다! 칼 버리고 머리 위에 손 올려! 안 그러면
사살한다!"

"개소리를!"

한 야쿠자가 독기를 품고 노백린에게 달려들었다.

"대일본제국! 만세!"

탕!

"커헉……!"

"쏴라!"

탕! 타타탕! 타탕!

"크악……!"

"커흑!"

노백린이 방아쇠를 당기자 따라 들어온 병사들이 일제
사격을 가했다.

그로 인해 저항하던 야쿠자들이 총을 맞고 쓰러졌다.

그들의 머리로 노백린이 총격을 가하면서 숨통을 끊었다.

그리고 병사들에게 명령을 내렸다.

"칼 든 새끼 보이면 모조리 죽여! 칼침 맞는 놈은 내 손에 죽는다! 그러니까 다치지 마라!"

"예! 중대장님!"

"쓸어내라!"

항복하지 않는 자들에게 천벌보다 강한 징벌을 내리기 시작했다.

착검한 조선군 장병들이 저택 곳곳을 뒤지면서 야쿠자들을 찾아냈고, 그들을 향해 주저 없이 방아쇠를 당기며 야마가타와 이토를 숭배했던 대가를 치르게 만들었다.

그리고 야쿠자들의 두목을 찾아내 생포했다.

한 병사가 두목이 휘두른 칼에 상처를 입었다.

팔이 칼에 베여서 노백린이 이맛살을 찌푸렸다.

험상궂은 얼굴 때문에 경고한 대로 병사를 죽일 것 같았다.

그러나 말뿐이었다.

"멍청한 놈. 그리 조심하라 일렀거늘."

"죄송합니다……."

"그 정도이길 천만다행으로 여겨. 팔뚝 잘려나간 것보다는 나으니."

"예."

그리고 사로잡힌 야쿠자 두목을 노려봤다.

야쿠자 두목도 노백린을 노려보면서 이를 갈았다.

그는 조선과 그 군대에 저주를 퍼부었다.

"미개한 네놈들이 발버둥질해도 끝내 다른 나라의 식민지가……."

퍽!

"억……!"

"뭐라고 하는지는 모르겠지만 닥쳐. 남은 이도 모조리 깨버리기 전에."

"우욱……!"

통역병이 미처 통역하기 전에 두목의 입을 향해서 노백린이 주먹을 날렸다.

그리고 그의 앞니를 모두 부러뜨려 놓았다.

이와 함께 피가 입에서 흘러내렸고, 노백린은 야쿠자 두목을 압송하라고 지시를 내렸다.

목숨을 겨우 부지한 야쿠자들은 지원을 온 헌병들에게 끌려 나갔다.

그리고 다음 날 야쿠자 두목의 목에 팻말이 달렸고, 얼굴이 부은 두목이 맨발로 동경 거리를 걷기 시작했다.

팻말에는 '나는 전쟁을 일으킨 죄인입니다. 일본 국민의 돈을 빼앗은 강도입니다'라고 쓰여 있었다.

그와 뒤따르는 야쿠자들을 보고 일본인들이 통쾌함을 느꼈다.

돌을 집어다가 온 힘을 다해서 죄인들에게 던졌다.

그러면서 한이 풀리는 고함을 질렀다.

"꼴좋다!"

"네놈들 천하인 줄 알았지?!"

"죽더라도 빼앗은 우리 돈부터 갚고 뒈져라! 망할 놈들!"

자릿세나 보호세라는 명분으로 돈을 갈취 당했다.

동경 시민들은 자신들이 어찌할 수 없었던 야쿠자들이
끌려가는 것을 보자 통쾌함을 느꼈다.

그리고 조선군의 위세를 빌려서 기세등등한 모습을 보이
며 그동안 하지 못했던 말과 욕을 야쿠자들을 향해서 쏟아
붓기 시작했다.

돌에 맞은 한 야쿠자가 자신에게 돌을 던진 어린아이를
쳐다봤다.

그러자 그 아이의 아버지가 성을 내면서 돌을 던졌다.

"내 아들을 봐서 어쩔 건데! 똥같은 놈!"

모욕과 굴욕을 당하면서 자신이 벌여왔던 과오를 기억했
다.

그리고 돌이킬 수 없는 과거와 비참한 최후를 겪게 될 것
이라는 생각에 눈물을 흘렸다.

힘없이 앞으로 걸으며 형장으로 향했다.

그렇게 사람들을 선동하려 했던 야쿠자 조직이 궤멸했
다.

만약 역사가 바뀌지 않았다면 일본을 좌지우지 할 수 있

는 큰 조직이 될 수 있었다.

그러나 이제는 의미 없는 가정이었다.

사람들을 괴롭히는 야쿠자 조직이 사라지자 일본인들 사이에서 조선에 대한 칭송이 생기기 시작했다.

그리고 그 사실을 장성호와 윤영렬이 알게 되었다.

포드퍼스트를 타고 거리를 다니면서 시찰하는 동안 윤영렬이 자신의 생각을 장성호에게 밝혔다.

그의 얼굴이 매우 환했다.

"제 느낌인데 민심이 나쁘지 않습니다."

"저도 그렇게 생각합니다."

"하지만 처벌받았던 야쿠자들처럼 아직 이등박문과 산현유붕을 숭배하는 자들이 있습니다. 그런 자들의 마음까지 우호적으로 바뀌어야 한다 생각합니다. 지금의 민심보다 더욱 좋아져야 한다 생각합니다. 뭔가 좋은 방도가 없겠습니까?"

윤영렬의 이야기를 듣고 장성호가 피식 하면서 웃었다.

그리고 방도를 알려줬다.

"아시겠지만 일본인 유족들에 대한 보상은 일본군을 뒤에서 도운 회사들이 치렀습니다. 거기에 사장들은 전쟁 범죄 혐의로 체포되었고, 회사의 재정은 파산 직전에 이르렀습니다. 그 회사들을 조선 회사에서 인수합니다. 고용하고 있던 일본인을 그대로 고용하고 일본 회사의 생산력을 그대로 가져갈 겁니다. 이때 변화가 있을 것입니다."

"어떤 변화를 말입니까?"

"임금의 변화입니다. 아시겠지만 이미 조선 회사의 임금이 일본 회사의 임금보다 비쌉니다. 따라서 일본인 노동자들의 임금을 조선인 노동자 수준 턱밑까지만 올려줘도 만족하게 될 겁니다. 그것은 곧 민심으로 이어집니다."

이야기를 듣고 윤영렬이 감탄했다.

그리고 장성호를 경외했다.

"참으로 대단하십니다. 특무대신의 고견에 감탄했습니다."

그 말에 장성호가 고개를 가로저었다.

"제가 생각한 게 아닙니다."

"예? 그러면?"

"제게 그 방법을 알려준 사람이 있습니다. 어쩌면 저보다 정치를 더 잘하고 백성의 마음을 잘 알고 위대한 경영자이기도 합니다. 그 사람이 제게 방법을 알려줬습니다."

장성호의 이야기를 듣고도 윤영렬은 누구를 말하는 것인지 알 수 없었다.

장성호의 머릿속에서 김인석이 한 말이 울려퍼지고 있었다.

'일자리와 임금만큼 민심을 사로잡는 일이 없다더군. 나 또한 그렇게 생각하네. 공짜 밥을 먹으면서 영혼 없는 삶을 지내는 것보다 열심히 일하고 일한 만큼 보상을 얻는 것이 훨씬 보람이 있어. 조선 회사들이 일본 회사들을 인

수할 테니 이를 총독에게 전하게.'

최고의 정치이자 최고의 복지라고 생각했다.

성한과 김인석을 통해 장성호에게 전해진 말이 윤영렬에게도 전해졌다.

그리고 파산 직전에 몰린 일본 회사들이 조선인 사장을 만나 인수 협상을 벌이기 시작했다.

부산포에서 출항한 연락선이 복구공사를 벌이는 요코스카항에 이르렀다.

겨우 복구된 부두에 연락선이 정박하고 현문으로 다리가 이어지면서 조선인 사장들이 차례대로 내렸다.

그리고 그들을 마중 나온 일본 회사 임원들이 조선인 사장들에게 허리를 굽히며 인사했다.

최만희와 이승훈, 남궁억, 김광제, 호남에서 방직회사를 경영하는 김경중을 일본 회사 임원들이 극진하게 대했다.

"마차를 준비했습니다. 타시지요."

"거절하겠소."

"예?"

"우리 차를 가지고 왔으니 우리 차로 가겠소. 어디로 가야 할지 알려주시오."

최만희가 강하게 말하면서 기선제압을 했다.

화물선처럼 쓰이는 연락선 화물칸에서 몇 대의 포드퍼스트가 하적되었고, 그것을 본 일본인 임원들이 크게 놀랐다.

입을 함지박만 하게 벌리고 화물칸에서 내려지는 자동차를 봤다.

'조선에서는 일반 회사도 자동차를 소유하는가?!'

'조선인 사장들이 이 정도였다니!'

일본인 중 어느 누구도 자동차를 소유한 사람이 없었다.

전쟁이 일어나기 한해 전에 미국인이 자동차 한대를 가지고 온것이 전부였다.

귀한 자동차를 미국에서 만들었지만 그것을 소유하는 것은 조선의 국력이었다.

일본인 임원들이 마차에 승차했고, 최만희를 비롯한 사장들은 자동차를 타고 항구 밖의 협상장으로 향했다.

그리고 그곳에서 일본 회사들을 인수하는 협상을 치렀다.

임원들이 제시한 조건이 있었고, 최만희를 중심으로 하는 조선인 사장들은 대다수 그것을 받아들였다.

그리고 이승훈이 입을 열었다.

"알고 있겠지만 우리 군정에서 전쟁 범죄자들을 계속 수사 중이오. 말인 즉 우리 앞에 앉아 있는 당신들도 언제든지 체포되어 죗값을 치를 수 있다는 이야기요. 거짓말로 일본 국민을 속이고 전쟁을 불러들인 죄인들을 도왔으니 말이오. 체포되지만 않는다면 우리는 당신들의 경력과 경영능력을 인정하고 계속 임원으로 쓸 것이오. 단, 우리가 인수한 회사는 자회사가 될 것이오."

자회사가 된다는 결정은 이미 각오한 바였다.

그러나 예상 밖의 선처에 임원들의 표정이 어리둥절해졌고 밝아졌다.

믿지 못한 임원들이 이승훈에게 물었다.

"정말로 우릴 쓰겠다는 말입니까?"

"그렇소. 대신 임원의 임금을 줄여야 되겠소. 보통 노동자들의 임금을 높여야 하니 말이오. 우리는 우리 방식에 맞춰서 일본인 노동자들의 임금을 높일 것이오. 그리고 당연히 엔화로 임금을 지불하겠소."

회사를 팔 때 일본의 노동자들이 조선 회사의 노예가 되리라고 생각했다.

그러나 대면하고 이야기를 들었을 땐 그것이 아니었다.

다른 조선인 사장도 이승훈이 말하는 것에 동의했고, 최만희가 그의 뒤를 받쳤다.

제발 그 말대로 이뤄지길 바라면서 일본인 임원들이 머리를 숙였다.

"감사합니다. 조선의 아량과 선처를 반드시 잊지 않겠습니다. 노동자들과 함께 그 은혜를 반드시 갚겠습니다."

"은혜가 아니오. 우린 그저 더 큰 이익을 원하기 때문이니 말이오. 그 길이 다만 공생일 뿐이오."

"예. 회장님."

일본인 임원들은 조선인 사장들을 상관으로 인정했고, 약육강식의 경쟁이 아닌 상생의 길을 걷게 되었다.

그리고 일본의 회사 중 다수가 조선인들에게 인수되면서 새롭게 일을 벌이기 시작했다.

민씨 성을 가진 조선인 사장이 나고야에 위치한 일본의 음료 공장을 인수하고 새로운 음료를 팔았다.

그 음료는 조선의 궁중에서 약으로 쓰이다가 일반 백성이 사먹을 수 있게 되면서 전국에 이름을 널리 알린 최고의 상품이었다.

사람을 살리는 물이라는 뜻을 가진 음료였다. 그 음료가 작은 유리병에 담겨서 일본인들 손에 쥐어졌다.

속이 답답한 일본인이 그것을 마시고 상쾌함을 느꼈다.

"와! 뭐야, 이거?"

"왜? 무슨 일이야?"

"속이 확 풀렸어."

"뭐?"

"씁쓸하긴 한데 달기도 하고, 약인 것 같은데 마시는 음료 같기도 하고, 이상해. 이거 정말 기막힌 음료야."

소화가 안 될 때 마시면 특효약인 음료였다.

음료는 일본에서도 입소문을 타게 되어 팔려나갔고, 광문사가 인수한 일본 신문사를 통해 광고가 되면서 공장에서 만들어지는 즉시 동이 났다.

급료를 받은 일본인 노동자가 의아한 표정으로 자신의 상사를 쳐다봤다.

그리고 급료를 준 상사가 웃으면서 말했다.

"주문량이 많아 힘들었을 텐데, 그동안 열심히 일한 것에 대한 보상일세. 그러니 기쁜 마음으로 받게."

"예……."

"앞으로도 더욱 열심히 일해주게. 사장님께서 자네들에게 그 말을 전해 달라 하셨네."

"예! 감사합니다!"

급료를 받은 일본인 직원들이 환한 미소를 지었다.

직원들은 두툼한 월급봉투를 받고 집에 돌아갔다.

그리고 그동안 먹고 싶었던 음식과 사고 싶었던 음식을 사서 노동의 대가를 누렸다. 그 모습을 멀리서 양복을 입은 사람이 지켜보고 있었다.

그는 세상사람 누구도 쉽게 볼 수 없는 사람이라 어느 누구든 그를 귀인이라 여겼다.

그는 자리에 서서 퇴근하는 직원들의 이야기를 듣고 있었다.

"조선은 생각보다 괜찮은 나라야."

"나는 조선인이 우릴 노예처럼 부릴 줄 알았어. 그런데 우리 돈으로 이렇게 월급을 많이 주다니……."

"다른 회사에서도 우리처럼 급료를 많이 준다고 해. 작년만 해도 전쟁을 치르는 적국이었는데, 이 정도면 정말로 우리를 독립시켜줄 것 같아."

"군정이 끝나면 일본을 위해서 일하는 거야. 그때는 정말 조선과 싸우지 않고 잘 지냈으면 좋겠어."

"전쟁에서 죽은 사람만 개죽음이야."

그 모습을 보던 귀인에게 곁에 있던 사람이 말했다.

그는 일본 군정의 방향을 정하는 자였다.

장성호가 무쓰히토에게 일본인들의 생활상을 알려줬다.

"혹시 우리가 노예처럼 부리고 괴롭힐까 걱정하셨습니까."

"……."

"보셨듯이 우리는 세상과 전혀 다른 방식으로 생존할 것입니다. 막대 두개가 서로를 받치는 형태의 한자인 사람 인처럼 말입니다. 강한 자가 약한 자를 이기는 것을 부정하지는 않지만 약한 자에게 손을 내밀어서 함께 강해지는 길도 포기하지 않을 겁니다. 우리는 그 길을 걸을 겁니다."

"……."

통역관의 이야기를 듣고도 무쓰히토는 가만히 있었다.

그리고 자신이 통치했던 일본과 조선이 군정 하는 일본의 차이를 여실히 느꼈다.

어느 쪽이 나은지는 굳이 묻지 않아도 알 수 있었다.

조선이 약속을 지키는 나라라는 것을 알았다.

그 약속은 국익을 위한다는 명분과 약육강식의 세상 논리 속에서 깨어질 수 있었다. 그것을 지키는 것이 얼마나 어려운 것인지 알고 있었다.

무쓰히토가 빨갛게 된 눈으로 장성호에게 부탁했다.

"조선의 총독, 특무대신 그리고 조선왕에게 청한다. 부디 짐의 나라와 신민을 새롭게 탄생시켜 만국의 화평에 일조할 수 있도록 힘써달라. 신민의 후대 번영이 있다면 짐은 만족할 것이다……."

모든 것을 내려놓고 일본의 미래를 조선에게 맡겼다.

조선이 일본의 미래를 지켜주기만 한다면 황위는 얼마든지 내려놓아도 여한이 없을 거라고 생각했다.

그렇게 일본 천황가가 역사 속으로 사라졌다.

이후로 무쓰히토는 복위되는 일 없이 신이 아닌 보통 '사람'으로 살아가기 시작했다.

* * *

전쟁이 끝난 후로도 많은 사람들을 치료하고 수술했다.

조선의 명의가 열도에 들어와 피아를 구분하지 않고 생명이 위급한 사람들을 살렸다.

그리고 전쟁이 끝난 뒤로는 조선에서 온 의사들과 일본 의사들이 함께 돈이 없는 병자들을 치료하고 수술했다. 메스로 복부를 가른 뒤 두시간이 지났을 무렵이었다.

실이 달린 갈고리 같은 바늘을 조선에서 온 최고의 명의가 겸자로 빠르게 봉합했다.

수술 막바지의 봉합마저도 누구보다 빨랐고, 책임감 넘치는 모습으로 해냈다.

김신이 수술을 마무리 지었다.

"수술 종료. 이것으로 수술을 마치겠습니다."

"수고하셨습니다."

동현이 김신에게 말하자 함께 수술에 임했던 의사들도 김신에게 수고의 인사를 건넸다.

동경에 일본 최고의 병원이 있었고, 수술실 2층에 위치한 참관석에 김신의 수술을 보기 위해 온 일본인 의사들과 외과 생도들이 있었다.

그들은 수술을 모두 지켜보고 탄성을 일으켰다.

"엄청 빨랐어."

"출혈 부위가 피 때문에 안 보였는데 어떻게 빨리 찾을 수 있는 거지?"

"진짜 우리가 모르는 세상에서 수술을 벌인 것 같아."

"조선의 명의가 이 정도였다니. 우와."

누구도 조선 의사를 무시할 수 없었다.

조선이 일본을 상대로 전쟁에서 이긴 배경을 더해 일본 의사들과 생도들은 김신을 경외하며 그로부터 의술을 배울 수 있기를 희망했다.

그로 인해 조선으로 돌아가려던 김신은 한달동안 동경에서 머물며 사람들을 치료해야 했다.

그리고 마지막 수술이 끝났다.

동현에게 김신이 마지막 지시를 내렸다. 그것은 회복하는 환자가 알 수 있도록 설명하는 것이다.

"허벅지 뼈가 부러지면서 찢어진 동맥을 봉합한 것과 기존에 있던 위궤양으로 생긴 위장 천공이 위 뒤편의 대동맥을 상하게 한 사실을 알려주고, 대동맥 출혈도 봉합했다는 사실을 알려주게. 그리고 앞으로는 술을 적당히 드시고, 공사장에서 일할 때 조심하라 알려주게. 가족분들에게는 내가 설명하겠네."

"예. 교수님."

그는 가족을 책임지는 가장이었다.

그리고 건물을 짓는 공사장에서 일하다가 갑자기 정신을 잃어 낙상한 환자였다.

그런 그를 김신이 살렸고, 급히 병원에 온 가족에게 환자의 상태를 설명하자 환자의 가족은 울면서 김신에게 감사의 뜻을 전했다. 그들에게 있어서 조선인은 남편과 아비를 살린 사람이었다.

그렇게 일본에서의 마지막 수술을 마치고 곰방대에 담뱃잎을 채워 병원 밖으로 나왔다.

나무 아래 의자에 앉아 담배를 피면서 시원한 바람을 느꼈다. 그리고 병원 앞의 정원을 보면서 조선에 가서 할 일을 떠올리기 시작했다.

그때 멀리 동현과 수민이 함께 걷는 것이 보였다.

정원과 마당을 뛰어노는 어린 아이들이 동현을 보고 달려와서 팔을 들며 뭐라고 외쳤다.

그러자 동현이 팔을 굽혀서 단단한 이두를 보여줬고 아

이들은 탄성을 터트리며 환하게 웃었다.

그런 아이들의 머리를 동현이 쓰다듬어줬다.

수민이 곁에서 이야기를 하자 그 이야기를 듣는 동현이 크게 웃었다.

그 이야기가 어떤 내용인지는 김신에게 들리지 않아 알 수 없었다. 그저 두 사람의 표정과 그로부터 묻어나오는 분위기를 보고 웃었다.

두 사람의 미래가 상상됐다.

"조만간 함이 가겠군."

담배를 모두 피고 재를 털었다.

그리고 몸을 일으켰다.

가까운 곳에서 신문을 읽던 일본인들이 놀라면서 서로 나누는 이야기를 김신이 듣게 되었다.

"사이온지 외무대신이 종신형을 받았어. 가석방도 불가하다는데?"

"죗값을 치르는군."

단죄는 계속 이뤄지고 있었다. 그리고 그것이 끝날 무렵에 일본은 전혀 다른 나라가 될 것이라고 생각했다.

세상이 새 시대를 맞이하려고 했다.

비상할 준비를 하다

제물포에 작은 기선이 정박해 있었다.

기선의 선장이 화물을 나르기 위해 출항하려고 할 때였다.

공문을 가지고 온 관리가 승선을 하려던 선장을 멈춰 세웠다.

그리고 공문을 보여주며 선장을 고용한 선주에게 대신 말해줄 것을 부탁했다.

선주가 선장에게 말했다.

"알다시피 배를 잠시 조정에 빌려주기로 했소. 그러니 협조하시오."

"알겠습니다."

선주의 지시를 거부할 권한이 선장에게 없었다.

이내 배에 올라타서 출항 준비를 하던 선원들에게 말했다.

그리고 몇 명으로 구성되어 있던 선원들이 나와 선장과 선주의 지시대로 뭍에서 머물렀다.

직후 관리를 따라온 또 다른 사람들이 기선 위에 올라탔다.

기선은 이내 부두에서 선측을 벌리면서 바다로 나가기 시작했다.

서쪽 먼 바다로 나가 거친 파도를 갈랐다.

기선의 굴뚝에서 검은 연기가 피어올랐다.

그것을 보며 선원들이 중얼 거렸다.

"저쪽은 접근금지 섬인데……."

조정에서 접근을 금하는 작은 섬이 있었다.

그 섬에 백성들이 실수로 입도했다가 관리에게 내쫓음을 받은 적이 있었고 다시 오지 않겠다는 조건으로 처벌을 피한 백성이 몇이나 됐다.

그들은 다시 그 섬으로 가지 않았다.

그리고 그 섬으로 향하는 기선이 되돌려 보내질 것이라고 생각했다.

말도 앞에서 기선이 멈췄다.

기선에서 작은 배 몇 척이 내려졌고 노를 통해 배들이 말도 해안에 접했다.

그 배들로부터 기선에 승선했던 관리들이 짐을 가지고 내렸다.

관리들은 말도 깊숙한 곳으로 들어가 수풀로 위장되어 있는 철제 건물 안으로 들어갔다.

태양빛과 같은 환한 빛이 건물 안을 밝혔다.

그러자 바닥이 반짝일 정도로 깨끗한 실내가 모습을 드러냈다.

모자를 벗은 관리가 주위를 돌아보면서 감상을 말했다.

"오랜만이군."

우종현을 비롯한 특임대 대원들이 환웅함에 들어왔다.

함을 관리하는 인공지능 로봇이 움직이면서 우종현과 대원들에게 인사하고 함 내를 청소했다.

그리고 뭍과 환웅함에 교대로 상주하는 승조원들이 대원들을 반기며 마실 것을 준비했다.

우종현은 나중에 챙겨달라는 말을 하고 임시 무기고로 향했다.

그곳에 이주현을 비롯한 2분대 대원들이 썼던 무기가 보관되어 있었다.

보관되어 있던 레일 소총과 기관총의 상태를 확인하고 짐 주머니에 싸여 있던 무기를 풀어서 상태를 확인했다.

전장에서 쓰인 무기의 노후화는 어쩔 수 없었다.

색이 많이 바랐고 칠이 많이 벗겨져 있었다.

무엇보다 탄약이 거의 남지 않았다.

"다시 교전을 치르기는 힘들 것 같습니다. 레일건에 쓰이는 무탄피 총알이 더 이상 없습니다. 우리 무기도 여기에 걸어둬야 할 것 같습니다."

승현이 말했고 이어 종현이 말했다.

"탄약은 떨어지고 화기의 배터리 수명도 다했어. 설령 실탄이 보급되더라도 반도 못 써서 에너지 방전 때문에 총알을 쏠 수 없을 거야. 거기에 스텔스 망토의 수명도 다했으니 유지 보수가 가능한 부품이 만들어 질 때까지 옛날 무기로 싸워야 해. 교전을 치르게 된다면 말이야."

"그래도 야간투시경은 쓸 수 있지 않습니까. 배터리 수명도 오래 가고 말입니다."

"그건 그래."

"영국과 프랑스가 제대로 태클을 걸었다는 이야기를 들었습니다. 그래서 새로 무기를 만든다는 이야기를 들었고 말입니다. 전장을 압도할 수 있는 무기가 만들어졌으면 좋겠습니다."

이야기 끝에 종현이 대원들에게 말했다.

"확실한 것은 이 시대에 있어서는 안 되는 무기가 만들어 질 거야. 생각하기만 하면 쉽게 만들 수 있지만, 그것이 쉽지 않은 무기로 말이야. 놈들은 우리의 기술적인 진보를 앞당길 거야. 우리에게는 그럴 수 있는 능력이 있어."

"예. 대장님."

생존을 원하는 경쟁에서 기술 진보는 반드시 이뤄질 수밖에 없는 과정이었다.

영국과 독일, 프랑스가 조선이 생산한 무기에 대해서 생산 중단을 요구했다.

제대로 된 허가 없이 그들 나라에서 개발된 무기를 마음대로 생산한 조선은 독자 무기 개발과 생산을 선포하고 1년이 안 되는 기간 동안 앞으로 군에서 쓰일 무기를 개발했다.

충청도 서천에 국방과학연구소를 설치하고 시제 무기를 제작했다.

한달 동안 시험 사격을 벌인 뒤, 고장이나 폭발 같은 현상이 없는 것을 최종적으로 확인했다.

그리고 야전에서 제대로 쓰일 수 있는지를 확인했다.

신무기를 시험하는 훈련 중대가 정해지고 그 중대는 조선군에서 늘 선봉을 맡는 중대였다.

사지인 것을 알고 있음에도 사력을 다해 적지로 달려가는 부대였다.

휴가에서 복귀한 이척과 중대원들이 신무기를 받아 조작법을 교육받았다.

특임대 대원들이 직접 교육에 나섰고 우종현이 지도를 책임지고 있었다.

신형 소총을 든 우종현이 직접 설명하고 있었다.

"보기에는 한 일식 소총과 그리 다르지 않다. 그러나 본 소총은 엄연히 기능이 발전된 소총이다. 우선 5발이 아닌 8발이 장전되고 클립과 통째로 소총에 장전할 수 있다. 그리고 방아쇠를 당기기만 해도 실탄 한발이 약실에 장전된다. 이렇게."

탕! 탕! 탕!

"오오!"

"8발을 쏘고 나면 안에서 클립이 튕겨 나오니 새 클립과 실탄을 꽂아서 장전하라. 지금부터 사격 훈련을 벌이겠다. 총기와 실탄을 지급받아라."

연발 사격이 이뤄질 때 훈련 장병들이 놀라워했다.

이척도 새로운 소총을 받아 병사들과 함께 사격장 사선에서 바닥에 엎드렸다.

그리고 특임대 대원들의 가르침을 받으면서 실탄을 장전하고 방아쇠를 당겼다.

총탄이 발포될 때마다 노리쇠가 후퇴됐다가 전진되면서 총알이 장전됐다.

그리고 8발을 쏘자 안에서 총탄을 묶는 빈 클립이 튕겨나왔다.

새로운 실탄과 클립을 다시 소총에 장전하고 방아쇠를 당겼다.

훈련 장병들의 사격이 끝나자 저마다 입에 흥분된 미소가 떠올랐다.

그리고 느낀 감정을 서로에게 공유했다.

그것은 놀라움이었다.

"세상에 연발총이라니?!"

"생각조차 못했어!"

"발포 후에 노리쇠를 당길 때마다 조준점이 흐트러졌는데, 신무기는 덜해."

"마치 기관총 같아!"

장병들의 반응을 보고 우종현이 미소 지었다.

그리고 병사들과 함께 소총을 쏜 이척에게 와서 물었다.

"어떻습니까? 세자 저하?"

그리고 감상을 들었다.

종현의 계급이 훨씬 높았기에 이척이 존댓말로 대답했다.

"장탄수도 좋고 연사력이 더해져서 전보다 압도적인 위력을 보일 것 같습니다. 다만, 단점이 하나 보입니다."

"어떤 단점입니까?"

"재장전을 하다가 당겨져 있던 노리쇠가 풀리면 손가락이 다칠 수도 있다는 생각이 듭니다. 물론 그마저도 좋다면 더할 나위 없겠지만 지금만으로도 뛰어난 무기라고 여겨집니다. 이런 소총을 조선에서 개발했다는 것이 믿어지지 않습니다."

이척의 대답을 듣고 다시 종현이 미소 지었다.

그리고 특임대원들에게 눈짓을 줬다. 그러자 대원들이 소총 외에 함께 개발된 무기들을 가지고 나왔다.

하나는 총열이 짧아서 들고 뛰기 편한 무기였다.

또 하나는 소총보다 긴 총열을 가진 무기로 누가 봐도 기관총으로 여길 수 있는 무기였다.

다만, 맥심 기관총인 한 이식 기관총과 다르게 두껍지 않고 가볍게 보여 들고 뛸 수 있을 것 같았다.

종현이 이척과 장병들에게 설명했다.

"이 무기는 새로 개발된 기관단총으로, 건물과 건물 사이 혹은 좁은 곳에서 교전을 치를 때 용이하게 운용할 수 있도록 개발된 무기다. 그리고 저 무기는 보다시피 기관총이다. 그러나 한 이식 기관총과 다르게 신속히 들고 뛸 수 있으며 방어 뿐 아니라, 공격 시에도 충분히 위력을 발휘할 수 있다."

간략하게 설명하고 곧바로 시범을 보였다.

"기관단총 사수! 사격 준비!"

척!

"사격!"

타타탕! 타타타탕!

"오오!"

"맙소사!"

기관단총의 사격에 장병들이 다시 놀라워했다.

그들의 생각으로 총이란 방아쇠를 당길 때마다 한발 씩 발포되는 것이다.

그러나 방아쇠를 당기고 있는 것만으로 계속 총알이 발

포되고 있었다.

그 모습이 마치 기관총이 총을 쏘는 것 같았다.

그러나 가장 위력적이어야 할 기관총은 여전히 침묵을 지킨 채 사격 명령을 기다리고 있었다.

곧 종현의 명령이 떨어졌다.

"기관총 사수! 사격 개시!"

드드드드득! 드드드득!

"헉?!"

"……."

총성의 간격이 매우 짧았다.

한 이식 기관총보다 대략 2배 넘는 속도로 총알을 토해 내고 있었다.

그리고 300보 거리 너머에 있는 과녁을 넝마로 만들고 주위의 참호를 부수고 흩뜨려 놓았다.

시범 사격을 지켜보던 장병들이 입을 다물 줄 몰랐다.

이척 또한 순간적으로 숨이 턱 막히면서 신무기의 위력에 놀라워했다.

사격이 끝나고 특임대 대원들이 미소 지었다.

그만큼 훈련 장병들의 반응을 보는 것이 매우 재밌었다.

종현이 정신줄을 놓고 있던 이척에게 말했다.

"저하."

"……."

"저하."

"으, 음? 예?"

"이제 신무기로 무장하셔서 전술 훈련을 받으시면 됩니다. 저희가 새로운 전술을 알려드리겠습니다."

더 공개할 무기가 있지만 거기까지였다.

얼떨떨한 이척이 종현의 말에 대답했다.

"알겠습니다."

그로부터 한달이 지났다.

신형 소총과 기관단총, 기관총으로 무장하고 새로운 전술을 익히기 시작했다.

그와 함께 차후에 개발된 신무기로 재무장하면서 그 실력을 왕과 조정 대신들 앞에서 선보였다.

제주도로 주둔지를 옮긴 해병 1사단 훈련 해안에서 시범이 벌어졌다.

연락선을 타고 해군 함대의 호위를 받으면서 이희가 친히 대신들과 함께 제주도를 방문했다.

제주도민들의 환호를 뒤로 하고 포성 앞에 섰다.

신형 화포가 불을 뿜었다.

해변에 세워진 작은 화포에서 포성이 일어났다.

그리고 바다 위에서 물기둥이 치솟았다.

이척이 전방을 향해 크게 소리쳤다.

"포격으로 우왕좌왕하는 적을 궤멸하라! 사격 개시!"

텅텅텅텅텅텅!

드드득! 드드드득!

"오오……!"

"이럴 수가……!"

포격에 놀랐던 대신들이 이번에는 삼각대 위에 놓인 기관총의 총격에 놀랐다.

한 기관총은 보기에도 몹시 무거워보였고 총알도 구경이 매우 커서 강력해 보였다.

그리고 한 기관총은 길고 가벼워보이는데 연사로 사격되는 총성의 간격이 매우 짧았다.

거기에 병사들이 소총으로 연발 사격을 가하고 있었다.

8연발 사격을 이루고 재장전을 한 뒤 다시 사격했다.

장교와 부사관이 소지하고 있는 기관단총은 대신들에게 큰 충격을 주기에 충분했다.

미리 그런 무기들이 탄생될 것이라고 알고 있었던 이희도 크게 놀랐다.

사격이 끝나자 참호 속에 있던 이척이 몸을 일으켰다.

그리고 명령을 내렸다.

"사격 중지! 중대! 돌격!"

"와아아아아~!"

탕! 탕!

이척을 따라 중대 장병들이 일어나서 돌격했다.

참호 속에서 나가면서 방렬되어 있던 작은 화포와 기관총을 번쩍 들었다.

그리고 1차 점령지로 전력질주해서 몸을 낮춘 뒤 재빨리 화포를 방렬하고 기관총을 장전했다.

곧 가까워진 적지를 향해서 다시 포격과 총격을 가했다.

중화기를 들고 신속하게 움직이는 것을 지켜본 대신들이 흥분된 표정을 지었다.

그리고 감탄하며 박정양이 이희에게 말했다.

"전하! 성공입니다! 더 이상 양이들이 우리 무가를 두고 뭐라 할 수 없습니다! 우리 손으로 조선의 무기를 개발하다니…! 아아……!"

감격하면서 눈물을 흘렸다.

그리고 이희도 몹시 흥분했다

주먹을 쥐고 강력해진 조선군의 모습을 목격했다.

시범 전 과학기술부대신인 박은성이 했던 말을 기억했다.

"정밀가공을 위해서 미국 회사를 통해 공작 기계를 조선 회사들이 수입했고, 대량 생산을 위해 형틀 사이에 철판을 끼워서 도장을 찍어내듯 부품을 생산하는 기계를 수입했습니다. 군부의 감시와 통제를 통해 조선 회사들이 면허 생산을 하면 빠르게 전군을 무장시킬 수 있습니다. 따라서 조선의 공업력도 높아집니다."

일취월장하는 국력을 보고 환하게 웃었다.

이척의 중대가 보여주는 전투력은 이희가 예상했던 그

이상이었다.

그것을 김인석에게 알렸다.

"덕국과 영길리와 불란서가 우리 군의 화기를 트집 잡았을 때, 과인은 그저 새로운 소총과 기관총 화포만을 개발할 줄 알았다. 그런데 예상밖의 무기를 더 개발했군."

"필요해서였습니다."

"박격포라고 했나? 그리고 저 큰 기관총은 중기관총이라고 했나?"

"60밀리미터 구경의 박격포와 한 칠식 중기관총입니다. 그리고 병사들이 들고 뛸 수 있는 기관총은 한 육식 기관총입니다. 육식은 기동형, 칠식은 파괴력을 갖춘 거치형입니다. 공격과 방어에 위력을 발휘할 수 있습니다."

"그리고 10리 후방에서 천둥 이식이 화력 지원을 더하겠군."

"사정거리만 해도 11킬로미터에 달합니다. 마차나 화물차로 끌어야 하지만 그만한 무게와 크기로 포탄을 정확하게 쏠 수 있는 화포는 없습니다. 서양에서도 이만한 무기는 찾기 힘들 겁니다."

김인석의 말에 이희가 고개를 끄덕였다.

그리고 시범이 끝나면 직접 화기를 쏴보고 싶다고 말했다.

이윽고 시범식이 끝나자 이희가 관전대 아래로 내려가서 신무기를 쥐었다.

한 칠식 중기관총이 있었다.

이희가 방아쇠를 당기자 기관총이 들썩이면서 구경 큰 총알이 빛을 내면서 앞으로 뻗어나갔다.

보통의 총알 사이에 예광탄이 섞여 있었다.

바다 위에서 물수제비처럼 튕겨나가는 것도 눈에 훤하게 보였다.

이어 한 육식 기관총을 손에 쥐고 방아쇠를 당겼다.

압도적인 연사력으로 빠르게 띠 탄창의 실탄을 소진하는 것을 확인했다.

사격이 끝나자 대신들이 이희를 찬양했다.

대신들의 찬양에 이희는 담담한 모습으로 대했다.

이내 미소 지으면서 신무기의 위력에 만족해했다.

그리고 김인석에게 물었다.

"이것 외에 신무기 하나를 또 준비 중이지?"

그 말에 대신들이 놀라 김인석을 쳐다봤다.

그리고 김인석이 대답했다.

"극비로 준비하고 있는 것이 있습니다."

"유과장인가?"

"예. 전하."

"땅과 바다를 지킬 수 있으니 남은 곳은 한곳 밖에 없겠군."

이희가 하는 말의 의미를 대신들이 몰라 어리둥절했다.

오직 김인석을 비롯한 천군만이 알고 있었다.

"땅은 유한하나 하늘은 무한대입니다. 하늘로 향하는 길을 조선이 먼저 열 것입니다. 그리고 전쟁을 지배할 겁니다."

김인석의 말에 이희가 고개를 끄덕였다.

그리고 그와 박은성과 훈련 장병들을 지도했던 우종현, 육군참모총장인 유성혁 등을 봤다.

이척이 정렬해서 이희의 명을 기다리고 있었다.

이희가 성혁에게 특별 명령을 내렸다.

"고생한 장병들에게 보름 동안의 휴가를 내리도록 하라. 그리고 장병들에게 특별 연회를 포상하라. 과인이 내탕금으로 지불할 것이다."

"성은이 망극하옵니다! 전하!"

이희의 포상이 이척과 장병들에게 전해지고 그들이 기뻐했다.

해병 1사단 연회장에서 훈련 장병들을 위한 연회가 열렸다.

그곳에서 장병들이 자유롭게 연회를 즐겼다.

이희의 명으로 동서를 가리지 않는 맛있는 요리가 식탁 위에 올랐다.

또헌 장병들 앞에 이희가 친히 하사한 어주가 술잔에 담겨 장병들의 마음을 영예롭게 만들었다.

그들을 위해 이희와 대신들은 다른 곳에서 연회를 즐겼다.

눈치 보지 않고 자유로운 분위기 속에서 서로의 신상에 대해서 이야기했다.

가족에 대한 이야기와 자녀가 학교에 가기 시작했다는 이야기부터 아이들이 잘 커서 행복하게 살길 원한다는 이야기를 했다.

그리고 전사한 장병의 가족에 대한 이야기와 부상당했던 전우의 근황과 가족의 이야기를 했다.

이척의 중대 안에 조선 최고의 훈장인 태극명예훈장을 수여 받은 전우가 있었다.

그는 연회 자리에 없었다.

"그런데 김춘삼 병장은 요즘 어떻게 지낸 답니까?"

그 말에 이척이 입을 열었다.

"실은……."

모든 대원들이 주목했다.

곧 춘삼에게 있었던 이야기를 듣고 분통을 터트렸다.

그러면서 죄인들이 중형을 받았다는 이야기에 속이 풀리면서도 분기가 제대로 풀리지 않아 욕을 뱉었다.

아쉬움에 한 병사가 불만을 토로했다.

"어째서 사형이 아닙니까? 그 정도면 처형당해야 할 일이 아닙니까? 어떻게 태극명예훈장 수여자를 그렇게……."

춘삼의 후임이었던 철호가 술잔을 비우면서 성을 냈다.

그리고 화를 풀지 못해 씩씩거렸다.

춘삼을 욕보인 것은 해병대 전체를 욕보인 것과 같았다.

또한 조선을 모욕한 것과 같았다.

이미 죄인이 처벌을 받았기에 그에 대한 보복을 벌일 수도 없었다.

그래서 더 분한 마음이 들었다.

"그 자리에 제가 있었으면, 조수연이라는 놈의 대가리를 총으로 날렸을 겁니다. 개자식……!

험한 말을 하며 다시 술을 마셨다.

그리고 자신 앞에서 과격한 모습을 보이는 부하들의 마음을 이척이 이해했다.

그 또한 함께 술을 마시면서 분을 식혔다.

그때 철호가 이척에게 말했다.

"김춘삼 병장에게 찾아갑시다."

"집에 말인가?"

"예! 가서, 김춘삼 병장이 얼마나 위대한지, 김춘삼 병장을 백정의 자식 취급한 무식한 백성들에게 알려주는 겁니다! 이대로 쉬다가 복귀하면 분이 안 풀립니다!"

다른 장병들이 이척에게 말했다.

"저도 가겠습니다!"

"김춘삼 병장의 집에 가서 기를 세워줍시다!"

"옳소!"

"갑시다!"

"본 때를 보이는 겁니다!"

장병들의 뜻이 하나로 모였다.

의기 높은 부하들의 모습을 보면서 이척이 잔잔하게 미소를 지었다.

그리고 술을 채운 잔을 높이 올렸다.

"전하께서도 이 일을 기뻐하실 것이네."

"예! 중대장님!"

술잔을 비우고 이척이 몸을 일으켰다.

그리고 장병들도 따라 몸을 일으키면서 이희에게 찾아가 사정을 고하고 윤허를 받았다.

그로부터 열흘이 지났다.

산으로 둘러싸인 양구 고을에서였다.

조수연으로부터 험한 일을 당했던 춘삼이 명예를 되찾고 새로운 기와집을 구했다.

기존에 있던 초가집에서 어머니를 모시고 밖으로 나왔다.

하빈의 손을 잡고 끌면서 춘삼이 어머니에게 말했다.

"이제 새집에서 편히 지내세요. 어머니."

"그래. 춘삼아."

쓰러져가는 초가집에서 나와 새 집으로 가기 위해 마당을 나섰다.

그리고 고을 광장으로 이어지는 길에 들어섰을 때, 화려하고 튼튼하게 보이는 가마가 앞에 서 있었다.

그 옆으로 말끔한 옷을 입은 관리들이 있는 것을 두 사람이 봤다.

춘삼과 하빈이 어리둥절했다.

관리가 춘삼에게 와서 말했다.

"영웅의 모친께서는 가마에 타시고, 영웅께선 말에 승마하시지요."

"예……?"

"저희가 두분을 모시겠습니다."

"……?"

당혹감이 들었다.

두 사람은 관리가 이끄는 대로 얼떨결에 가마 위에 올랐고 말 위에 올랐다.

춘삼을 이끈 관리가 크게 목소리를 높였다.

"쉬이! 물렀거라! 태극명예훈장을 수여 받으신 영웅께서 행차하신다! 물렀거라!"

"……?"

명예훈장을 받으면서 양구 백성들의 대함이 예전과 달라졌다는 것을 알았다.

그러나 그런 귀한 대우를 받을 줄을 몰랐다.

그저 실감하지 못해 어안이 벙벙한 상태로 주위를 돌아봤다.

그때 광장에서 새집으로 향하는 길 양편에 서 있는 자들을 봤다.

그들의 복식이 춘삼과 그의 어미에게 매우 눈에 익었다.

군인들이 양 옆으로 서서 차렷 자세를 취했다.

춘삼은 그 중 가장 앞에 선 자를 알아봤다.

"저하!"

이척이 장병들에게 크게 외쳤다.

"영웅께서 행차하신다! 경례!"

"필승!"

척!

"아아!"

감격한 춘삼이 눈물을 흘렸다.

그리고 그의 어머니인 하빈도 이척이 직접 장병들을 이끌고 와서 먼저 경례하자 크게 감동 받았다.

길을 지나던 양구 백성들은 그제야 춘삼에게 위엄이 있다는 것을 알았다.

감동에 젖어 경례를 받아줘야 한다는 것을 잠시 잊었다.

춘삼이 눈썹 앞에 손날을 붙이면서 이척의 경례를 받아주고 그 사이를 영예롭게 지나갔다.

이척이 장병들에게 구령했다.

"바로!"

왕과 왕이 될 자로부터 먼저 경례를 받는 조선의 영웅이었다.

그는 백정의 자식이었으며 나라를 구한 위인이었다.

그리고 조선 민족의 후대에까지 널리 알려질 이름이었다.

열강이 간섭할 수 없는 새로운 무기를 만들고 미래를 방비했다.

그러나 그것으로 만족하지 않았다.

* * *

뉴욕 맨하튼이었다.

센트럴파크 북쪽에 접한 빌딩에 아메리카 최고의 부호가 살고 있었다.

사람들은 그가 당연히 백인일 거라고 생각했다.

그러나 빌딩에 사는 이는 동양인이었다.

사람들은 그가 그저 어느 정도의 부를 이룬 것이라고 생각했다.

동양인이 재력으로 성공하는 경우는 매우 드문 일이었기 때문이다.

그 빌딩에 사는 성한이 옥상으로 연결된 통신기를 통해서 김인석과 이야기를 나눴다.

조선에서 일어나는 일을 듣고 앞으로 해야 할 일을 이야기했다.

큰일이 성한에게 맡겨져 김인석이 부탁했다.

—…이런 고로 부탁드리겠습니다. 배편이 출발하면 알려주십시오.

"예. 그리하겠습니다. 함장님."

—교신을 마치겠습니다. 건강하십시오.

"함장님도 건강하시길 바랍니다."

교신을 끝마쳤다.

함께 교신을 듣고 있던 석천이 물었다.

"신무기가 성공적으로 개발됐습니까?"

성한이 대답했다.

"전하 앞에서 시범식을 잘 치렀다고 합니다. 한 삼식 소총부터 60미리 박격포에 천둥 이식 견인포까지 성공적으로 시범을 보였다고 합니다. 당대 최고의 무기로 무장하게 될 테니 조선군은 더욱 강해 질 거고, 그것과 같은 무기가 없기에 다른 나라가 걸고넘어질 일도 없을 겁니다. 생산 설비들을 보내서 대량 생산이 순조롭게 만들어야 합니다."

"그리고 다른 신무기를 개발하고 말입니다."

"그 무기는 이쪽에서 영입해야 만들 수 있습니다. 그동안 눈독 들여왔는데 이제야 나설 수 있을 것 같습니다."

2차 세계 대전 전후에 주력 화기로 쓰였던 무기들이 있었다.

그것은 8발 반자동 소총인 'M1 소총'과 시가전에서 위력을 발휘하는 독일제 'MP40 기관단총'이었다.

그리고 소름 돋는 연사력을 지닌 독일제 'MG3 기관총'과 구경이 큰 총탄을 묵직하게 쏘는 'M2 기관총'이었다.

60mm 박격포로 전장에 신속한 포격을 가할 수 있었다.

105mm 구경의 'M101 견인포'는 높은 신뢰성과 정확도로 포격하고자 하는 곳을 먼 거리에서 정확히 때릴 수 있었다.

그 무기들이 조선군의 새로운 무기가 되었다.

그리고 세상 사람들이 감히 생각하지 못한 무기를 보유하려고 했다.

그 무기를 개발하기 위해서 먼저 발명되어야 할 것이 있었다.

사람을 찾아가서 만나려 했다.

그런 생각을 했을 때 성한이 사는 호실의 인터폰에서 벨소리가 울려 퍼졌다.

성한이 그것을 받아서 안에서 울려 퍼지는 목소리를 들었다.

―나 지연인데.

"어."

―보름간 휴가 받아서 뉴욕을 갈 거야. 오늘 저녁에 도착하니까 그렇게 알고 있어.

"알았어."

덜컥. 뚜―

"⋯⋯."

석천이 성한을 보면서 물었다.

"안선생님입니까?"

"예."

"혹시, 휴가입니까?"

"그렇죠. 올 때가 되었으니까요. 내일 집에 온다고 합니다."

대답을 듣고 다시 석천이 물었다.

"안선생님과 다시 안 사귑니까?"

"……."

석천은 성한과 지연의 관계를 어느 정도 알고 있었다.

그의 물음에 성한이 매우 진지한 표정이 되었다.

미간을 바짝 당기고 뭔가 기억을 떠올리다가 석천에게 물었다.

"분대장님."

"예."

"저… 분대장님이 보시기에 저와 지연이 어떤 사이로 보이나요?"

성한의 질문을 받고 석천이 대답했다.

"사귀지는 않지만 곧 사귈 것 같은 사이? 아니면, 이미 사귀고 있습니까?"

"아뇨……."

"그럼 뭔가 문제라도 있는 건가요?"

다시 물었고 성한이 고민하다가 석천에게 말했다.

"실은… 지연이가 제가 자신의 남자고 자기가 제 여자면 정말로 자기를 지켜줄 수 있겠다고 말한 적이 있어요. 그래서 다른 남자가 저처럼 할 수 없을 거라고……."

귀를 기울이던 석천이 눈을 번뜩였다.

"청혼입니다. 그거."

"그렇죠? 저도 그렇게 생각했어요. 그래서 지연이에게
연애가 아니라 겨… 겨…"

"결혼."

"그래요, 결혼. 그거 해서 같이 살자고 말하려 했어요."

"그런데 말 못했습니까?"

"예."

"어째서 말입니까?"

"총에 맞았으니까요."

"총?"

"방탄복 입고 총에 맞았던 적이 있었잖아요. 바로 그때
말이에요."

석천이 기억을 더듬어 성한이 저격당했던 일을 기억했
다.

그때 성한을 지키지 못했던 미안했던 일이 기억났다.

옛 일을 떠올리고 보지 못했던 지연의 모습을 상상하면
서 성한에게 물었다.

"그때 안선생님이 우셨나요?"

"그러긴 했죠. 제가 죽는 줄 알았으니까요."

"다시 말해 보는게 어떻겠습니까?"

"결혼을요?"

"예."

"……."

"이제는 연애가 아니라 결혼을 해야 할 때입니다. 제가 볼 땐 안선생님도 과장님을 남편으로 받아들일 겁니다."

"……."

"고민하실 일은 아닌 것 같습니다."

석천의 말을 듣고 성한이 입을 다문 채 생각했다.

그러나 그가 한 말에 결코 부정하거나 거부하지 않았다.

이미 마음은 정해져 있었다.

"노력은 해볼게요."

성한의 문제였기에 더 이상 석천이 뭐라고 할 수 없었다.

저녁에 지연을 마중하기 위해 '그랜드 센트럴'역으로 향했다.

석천과 함께 대합실에서 지연을 기다렸다.

개찰구에서 쏟아져 나오는 사람들 사이에서 양장을 곱게 차려 입은 지연과 심유정을 발견했다.

성한이 손을 들면서 자신이 있는 곳을 지연에게 알렸다.

"성한아!"

지연이 환하게 웃었다.

그 모습을 보고 성한이 미소 지었고 석천도 함께 미소 지었다.

유정과 함께 성한에게 와서 다시 인사했다.

"오랜만이야. 혹시 많이 기다렸어?"

"아니."

그리고 석천에게도 인사했다.

"분대장님도 오랜만이네요. 건강하셨어요?"

"예. 안선생님. 선생님께서도 그동안 잘 지내셨습니까?"

"그럼요. 이렇게 모두가 신수 훤하게 만나서 얼마나 좋은지 모르겠어요."

"그러게 말입니다. 하하하."

오랜만의 만남에 기뻐했다.

그리고 주변을 돌아보며 주위를 지나는 백인들의 시선을 의식했다.

옷을 잘 차려 입은 동양인은 미국 땅에서 그리 쉽게 볼 수 있는 것이 아니었다.

"일단 집에 가자. 대원들이 너 온다고 장도 보고 요리도 해놓았어. 오늘은 집에서 편하게 여독을 풀어."

"그래."

성한이 지연에게 말했다.

두 사람과 석천과 유정이 함께 움직이면서 역사밖에 세워진 차로 향했다.

그리고 포드퍼스트를 타고 집으로 향했다.

지연을 위한 호실이 성한의 빌딩에 있었고 지연과 유정이 짐을 풀었다.

그리고 집에 온 기술자와 대원들과 식사를 했다.

이미 기술자들은 성한이 소유한 회사의 경영자이거나 고

위직을 겸하고 있었다.

김세연과 김종민이 함께 있었다.

식사를 마치고 성한의 호실 테라스에서 지연이 커피를 마시면서 야경을 구경했다.

센트럴파크 남쪽의 너머의 풍경이 지연의 눈에 들어왔다.

"1년 사이에 또 바뀌었네. 저기에 건물이 또 지어졌던데, 네가 지은 건물이야?"

"그래."

"설마 저쪽에 지은 건물도?"

"그래."

"맙소사. 아예 뉴욕을 통째로 짓겠어."

"가능하다면? 우리에게 유리한 것을 백분 살려야지. 뻔히 값이 오르는 건물을 미리 사고, 땅을 사서 빌딩을 올리고 세를 받아야지. 전에 그렇게 이야기 했잖아. 원한다면 너한테 한채 줄 수도 있어."

"됐어."

"금보다 비싼 건물을 마다하다니. 복에 겨웠구만."

"난 의사야. 그러니 부동산으로 놀고먹진 않을 거야. 뭐, 너도 놀고먹는 것은 아니지만. 그나저나, 내일 시간 돼?"

"왜?"

"그야, 뉴욕에 왔으니 돌아다녀야지. 쇼핑 할 건데 같이 있으면 편하잖아. 안 되나?"

짐 들어달라는 소리에 성한이 콧방귀를 뀌면서 대답했다.

"안 돼. 시간이 없어."

"왜?"

"가야 할 곳이 있어."

"어디에? 설마, 일이야?"

"그래."

"어디로 가는데?"

"조금 멀리. 그래서 묻는 건데 혹시 갈 수 있으면 같이 갈래?"

"뭐?"

"가면 한 사흘 걸리나? 오는 것까지 생각하면 넉넉잡아서 열흘 안에는 다녀올 수 있어. 어때? 같이 가 볼래?"

성한의 물음에 지연이 미소를 지으면서 물었다.

"혹시, 분대장님과 유정이도 함께 가?"

"그야 당연하지. 날 어떻게 생각하는 거야? 갈래, 말래?"

"좋아. 같이 가. 그런데 어디 가는 거야? 사흘거리면 그리 가까운 곳은 아닌 것 같은데? 주가 다른가?"

지연의 물음에 성한이 손으로 세상을 그리면서 말했다.

"해변이 멋진 곳이야. 하늘도 멋진 곳이고. 그곳에서 우리에게 중요한 사람을 만날 거야."

자세한 것을 알리지 않았다.

그저 성한이 가는 곳에 따라가고자 했다.

함께 있는 것이 편했다.

다음 날 짐을 싸서 석천과 유정과 함께 항구로 향했고 여객선에 몸을 실어서 노퍽으로 향했다.

노퍽 동쪽에 대서양과 접한 해변이 있었다.

그 해변은 남북으로 길게 뻗은 해변이라 해변을 따라 뻗어 있는 길을 함께 마차를 타고 달리게 됐다.

성한으로부터 그곳의 지명을 듣고 놀라워했다.

파도치는 대서양을 보면서 지연이 해변의 이름을 되뇌였다.

"키티호크라니. 책으로만 배운 곳이 이런 곳인 줄 몰랐어. 그런데 대체 해변이 얼마나 뻗어 있는 거야?"

"100km는 넘을걸? 나도 정확히는 몰라."

"이곳에서 네가 말한 그 사람을 만날 거야?"

"그래."

"인류 최초로 비행기를 날리는 사람, 맞지?"

"그래. 그리고 아직은 비행기가 아니라 글라이더야. 비행기가 최초로 하늘을 난 적은 없으니까. 조만간 하늘에 글라이더가 나는 것이 보일 거야."

하늘로 글라이더라는 날틀을 띄우는 사람들을 찾으려 했다.

성한이 만나고자 하는 사람은 바로 그 사람들이었다.

바람이 불어 큰 파도가 해변에서 부서지고 있었다.

해변을 따라 뻗어 있는 길을 달리기 시작한지 한시간이 되었을 때 하늘을 나는 글라이더를 발견하게 됐다.

지연이 제일 먼저 발견했다.

"있어. 역사대로 글라이더를 띄우고 있어. 글라이더가 착륙하고 있어."

글라이더에 추진력을 더하기 위한 말 두필이 서 있었다.

말 위에 한 사람이 올라 타 있었다.

공중에서 글라이더가 해변으로 떨어지고 있었다.

그리고 무사히 해변에 착륙했다.

지연이 가리킨 방향으로 마차가 달려갔다.

마차 소리에 글라이더에서 내린 사람과 그 앞에 있던 사람이 고개를 돌렸다.

한 사람은 이마가 넓고 키가 컸으며, 다른 한 사람은 키가 작고 콧수염을 하고 있었다.

두 사람은 마차에서 내리는 네 사람을 보고 고개를 갸웃거렸다.

동생이 성한과 지연 등을 보고 경계했다.

그리고 형에게 말했다.

"형. 저 사람들 뭐지?"

"……."

"동양인 맞지? 인디언이 저런 옷을 입을 리는 없을 테고 말이야. 대체 무슨 일이지?"

불과 수십년 전에 거주지를 무단 공격했던 정부군과 항

쟁을 벌였던 인디언을 떠올리면서 혹여 큰일을 당하지 않을까 경계했다.

그리고 인디언과 비슷한 외모를 한 네 사람을 형은 그리 경계하지 않았다.

그들이 인디언이 아닐 것이라고 짐작했다.

"인디언이라면 저런 옷을 입지 않아. 네 말대로 동양인 이겠지."

"그런데 어째서 우리에게 오는 거지?"

"말해 보면 알겠지. 일단 여기서 기다려."

"알겠어."

형이 앞으로 나섰고 그 앞으로 네 사람이 다가왔다.

성한과 키 큰 사람과 얼굴을 마주했다.

그 뒤로 지연과 석천, 유정이 섰고, 키 큰 형 뒤로 키 작은 동생이 서서 지켜봤다.

성한이 먼저 손을 내밀면서 인사했다.

"해리 존스입니다 반갑습니다. 윌버 라이트씨죠?"

"……?!"

"동생 분은 오빌 라이트씨고요."

성한이 두 사람의 신원을 알고 있음에 라이트 형제가 움찔 하면서 놀랐다.

형인 윌버가 성한의 손을 잡으면서 물었다.

"영어가 유창하군… 헌데, 우리 이름은 어떻게 아시오?"

신원을 아는 이유를 물었고 성한이 그의 흥미를 돋웠다.

"앞으로 세계 최초로 동력비행기를 만들 두분인데 제가 모를 리 있겠습니까? 그 꿈을 이루기 위해 이곳에서 글라이더를 날린다는 소식을 듣고 찾아왔습니다. 그리고 두분께 제안을 드리고자 합니다."

"어떤 제안을 말이오?"

"두분께 투자해드리겠다는 제안을 말입니다. 단, 조선에서 동력비행기를 만드십시오. 조선에 가시면 세계 최초로 비행기를 타고 하늘 위를 나실 겁니다. 그것을 제가 이뤄드리겠습니다."

바람의 방향이 꺾이고 두 사람의 미래도 바뀌려고 했다.

그리고 세차게 파도가 치기 시작했다.

기존의 역사가 산산이 부서지고 있었다.

〈다음 권에 계속〉